祝い雛
小料理のどか屋 人情帖36
倉
JN075505
時代小説
二見時代小説文庫

祝い雛（びな）——小料理のどか屋人情帖36

目次

祝い雛 小料理のどか屋 人情帖36・主な登場人物

時吉……………のどか屋の主。元は大和梨川藩の侍・磯貝徳右衛門。長吉屋の花板も務める。

おちよ…………大おかみとしてのどか屋を切り盛りする時吉の女房。父は時吉の師匠、長吉。

千吉……………祖父長吉、父時吉の下で板前修業を積んだ「のどか屋」の二代目。

およう…………縁あって千吉の嫁となり、のどか屋の「若おかみ」と皆から可愛がられる。

長吉……………「長吉屋」を営んでいた古参の料理人。一線を退き、近くの隠居所から店に顔を出す。

万吉……………歩き始めた千吉とおようの息子。

井筒屋善兵衛…薬研堀の銘茶問屋の主。町の人に有徳の人と慕われる。

江美と戸美……のどか屋でお運び役を務める双子の姉妹。井筒屋善兵衛に実子同様に育てられた。

竜太 …………「よ組」の若くて鯔背な火消。のどか屋に客として通ううちに……。

卯之吉…………兄の竜太と同じ「よ組」の火消。兄弟そろって役者のような男前。

大橋季川………季川は俳号。のどか屋のいちばんの常連、おちよの俳諧の師匠でもある。

安東満三郎……隠密仕事をする黒四組のかしら。甘いものに目がない、のどか屋の常連。

万年平之助……黒四組配下の隠密廻り同心、「幽霊同心」とも呼ばれる。千吉と仲が良い。

おせい…………およう の母。夫、仁次郎を亡くし、つまみかんざしの職人、大三郎と再婚する。

儀助……………およう の母おせいが再婚相手、大三郎との間にもうけた男の子。

第一章　ほうとう膳とかぶら蒸し

一

「おう、今日は冷えるな」

のどか屋のほうへやってきた客が、大おかみのおちよに声をかけた。

そろいの半纏（はんてん）をまとった、なじみの左官衆の一人だ。

「さようですね。中食（ちゅうじき）はあったかいほうとうの膳でございますよ」

おちよは笑顔で言った。

「相変わらず勧め上手だな」

「なら、食わなきゃ」

「醤油（しょうゆ）味かい？」

客がたずねた。

煮込む麺料理のほうとうは、甲州では味噌仕立てだが、武州の深谷あたりでは醤油味だ。ところによって味が変わる。

「いえ、今日は甲州の味噌仕立てにしております。具だくさんでおいしいですよ」

おちよは如才なく言った。

「そりゃうまそうだ」

「うめえもんを食って、つとめに力を出すぜ」

「おう」

左官衆はつれだってのれんをくぐった。

「いらっしゃいまし。空いているところへどうぞ」

若おかみのおようが身ぶりをまじえた。

「おっ、またおめでただそうじゃねえか、若おかみ」

かしら格の左官が言った。

「ありがたく存じます。あの子がまだ小さいので大変ですけど」

おようが手で示した先では、三代目の万吉が猫の小太郎を追いかけてとことこ歩いていた。

当時は数えだから二つ、満ならおおよそ一歳四か月だ。歩けるようになったのはいいが、ちょっと目を離したすきに表へ出ていったりするから周りは気をもむ。

「まあ、何にせよ、無事に子を産んでくんな」

「はい、ありがたく存じます」

若おかみは小気味よく頭を下げた。

客は続けざまに入ってきた。

「いらっしゃいまし」

「こちらへどうぞ」

双子の姉妹の声がそろった。

江美と戸美だ。合わせると「江戸」になる姉妹はすっかりのどか屋の看板娘になっている。中食が終わると、古株の手伝いのおけいとともに繁華な両国橋の西詰へ旅籠の客の呼び込みに出かけるのが常だった。

旅籠付きの料理屋は、いまでこそわりかたほうぼうで見かけるようになったが、その草分けとも言えるのが横山町ののどか屋だ。泊まり客の朝の膳は名物の豆腐飯だ。これを食したいがためにのどか屋に泊まる客も多かった。

「はい、ほうとう膳、二つ上がります」

二代目の千吉のいい声が響いた。

「続いて、あと二つ」

あるじの時吉も張りのある声で伝えた。

今日は親子がかりの日だ。

時吉は、おちよの父で料理の師匠でもある長吉が始めた浅草の名店、長吉屋の花板として厨に立つかたわら、若い料理人に指導を行っている。横山町から浅草の福井町まで通わねばならないから大変だが、若い頃に存分に鍛えているからそれくらいは造作がなかった。

時吉は元武家で、磯貝徳右衛門と名乗り、大和梨川藩の禄を食んで、家中で右に出る者のない剣士として鳴らしていた。その後、紆余曲折があって刀を棄てて包丁に持ち替え、おちよとともにのどか屋を開いた。長吉屋に詰めない日は、ひとかどの料理人に育った二代目の千吉とともに厨に立つ。親子がかりだと手が倍になるから、出る料理が千吉だけのときより豪勢になるというもっぱらの評判だ。

「ほうとうだけでも食べでがあるのに、茶飯と小鉢にあぶった干物までついてるからよ」

「ずいぶんと具だくさんだな。葱に人参に里芋に南瓜」

左官衆の一人が唄うように言った。

「味噌味のほうとうにゃ、南瓜がぴったりだからよ」

「脇役の油揚げも忘れちゃいけねえぜ」

にぎやかに箸が動く。

そうこうしているうちに、残りの膳の数が少なくなってきた。

「おっ、まだあるかい」

急いで入ってきた男が問うた。

よ組の火消しの竜太だ。

「ありますよ」

江美がすぐさま答えた。

「おう、そりゃよかった」

竜太の弟の卯之吉が白い歯を見せた。

どちらも役者にしたいような、いなせな男前だ。

「いまお運びしますので」

戸美がいそいそと動いた。

「おめえら、よ組は縄張りが違うじゃねえか」

「中食をここへ食べに来る深えわけでもあるのかよ」

先客の左官衆から声が飛んだ。

「いや、まあ、そこはそれってことで」

竜太は笑ってごまかした。

「ここのお運びさんと、仲良く汁粉を食ってたって小耳にはさんだんだがよ」

「そりゃ、人違いかもしれませんや」

卯之吉はそう言ったが、目は笑っていた。

「お待たせしました」

「ほうとう膳でございます」

双子の姉妹がいそいそと盆を運んできた。

客が冷やかす声が耳に届いていたのかどうか、江美と戸美の顔はうっすらと朱に染まっていた。

二

のどか屋の中食の膳は、今日もまた好評のうちに売り切れた。

短い中休みを経て、二幕目に入る。その前に、おけいと江美と戸美は繁華な両国橋の西詰へ旅籠の泊まり客の呼び込みに出る。

旅籠の元締めの信兵衛は、のどか屋のほかにも大松屋、巴屋、それに浅草の善屋という旅籠を持っている。大松屋は跡取り息子で千吉の竹馬の友でもある升造がおおむね呼び込みに出るが、いくらか離れたところにある巴屋へは江美と戸美が案内する。のどか屋へ客を連れてくるのは、古参のおけいの役どころだ。

「なら、お願いね」

大おかみのおちよがみなを送り出した。

「はい、行ってきます」

おけいが答える。

「気をつけて」

若おかみのおようが双子の姉妹に声をかけた。

「行ってきます」

「明日は休みなので、またあさってこちらに」

双子の姉妹が答えた。

江美と戸美は薬研堀の銘茶問屋、井筒屋善兵衛の養女だ。巴屋へ客を案内したら、そのまま帰るのが常だった。

「今日はどんなお客さんが見えるかしらね」

通りかかった猫に向かって、おちよが言った。

いちばん新参のろくだ。

母猫の二代目のどかと同じ茶白の縞猫で、同じ柄の兄にふくがいる。生まれた子猫をすべて残していると猫だらけになってしまうから、いくらか猫らしくなってから里子に出すのが常だ。

もらい手にはさほど困らない。のどか屋の猫は福猫だ。里子をもらうと福も来る。そんな評判が立っているから、引く手はあまたある。

兄弟はほうぼうへもらわれていき、一匹だけ残ったのがろくだった。兄がふくだから、おめでたい福禄寿にちなんだ名だ。生後まだ半年くらいだが、同じ子猫でもずいぶんと立派になってきた。

雄猫はもう一匹、兄貴分の小太郎がいる。銀と白と黒の縞模様が美しく、尻尾が纏のような凛々しい猫だ。

小太郎の母で、尻尾にだけ縞模様が入っている白猫のゆきも健在だ。青い目がきれいな看板猫は、これまでいくたびもお産をしてきた。いまはもう御役御免で、座敷や空き樽の上などでのんびりと余生を送っている。

　ゆきほどではないが、二代目のどかもそれなりの歳で、これまでおのれと同じ色と柄の猫を何匹も産んできた。いまは見世（みせ）の横手でお地蔵様になっている初代のどかの子で、のどか屋の守り神だ。

　のどか屋は一に小料理屋、二に旅籠、三は猫屋と言われるほどで、初代のどかから猫を欠かしたことがない。いまは五匹の猫たちが、客にかわいがられながら安楽に暮らしている。

「今日はまた、よ組の若い衆が来ていたな」

　二幕目の仕込みをしながら、時吉が言った。

「あの子たちと一緒にお汁粉を食べに行ったりしたみたいですよ」

　おちよが告げた。

「兄弟と双子の姉妹だからお似合いで」

　万吉の動きを見張りながら、おようが言った。

　歩くばかりでなく、這（は）い這いもまじえて階段も上れるようになったのはいいが、先日は目を離したすきに旅籠の二階にいきなり姿を現わして客を驚かせるというひと幕があった。落ちて怪我でもしたら大変だから、しっかり見張っていなければならない。

「じゃあ、そのうち祝言（しゅうげん）の宴（うたげ）があるかも」

千吉が言った。

「それはちょっと気が早いぞ」

時吉が苦笑いを浮かべた。

「でも、うちのお手伝いの娘さんは良縁に恵まれるので」

と、おちよ。

「そもそも、わたしがそうだったんですから」

おようが明るく言ったから、のどか屋に和気が満ちた。

二代目の千吉と結ばれ、若おかみになったおようも、もともとはのどか屋を手伝う娘だった。それを千吉が見初（みそ）めたのだ。

三代目の万吉がいまのところ順調に育ち、年が明けてひと月あまり経てば次の子が生まれる。若夫婦の仲はいたってむつまじく、のどか屋は順風満帆（じゅんぷうまんぱん）だった。

「なら、後片付けも終わったし、二幕目になるまで休ませてもらうわ」

おちよがそう言って、座敷に座布団を敷き、枕を置いた。

朝が早いから眠くなってしまう。ちょっとうつらうつらするだけでも違うから、ここで仮眠を取るのが常だった。

「おいで、のどか」

おちよは猫を呼んだ。

「にゃーん」

二代目のどかがいい返事をして近づいてきた。

「ゆきも来たぞ」

時吉が笑って言った。

歳を取った白猫も負けじとやってきた。

ともに競うようにしておちよのおなかに乗り、ふみふみを始める。

「あんたたちなら軽くていいわね。小太郎とふくだったら重くて大変だけど。……はい、よしよし」

おちよは猫たちの首筋をやさしくなでてやった。

二代目のどかもゆきも、気持ちよさそうにひとしきりのどを鳴らした。

三

二幕目になった。

おけいが旅籠の泊まり客を連れてくる前に、常連が二人のれんをくぐってきた。

「師走の風は冷えるねえ」

首をすくめて入ってきたのは、岩本町の湯屋のあるじの寅次だった。

のどか屋は火事で二度焼け出されている。神田三河町から岩本町へ移り、そこも焼けてしまっていまの横山町に来た。湯屋のあるじとは岩本町にいたころからの付き合いだ。

「この風があるからこそ、大根なんかがうまくなるんで」

もう一人の男が笑みを浮かべた。

野菜の棒手振りの富八だ。毎日朝早くから天秤棒をかついでのどか屋へ新鮮な野菜を運んでくれている。つとめにきりがつくと、湯屋のあるじとともに一献傾けるのが常だ。いつも一緒に動いているから、岩本町の御神酒徳利とも呼ばれている。

「そのうまい大根を使った料理がちょうど頃合いで」

千吉が厨から言った。

「鰤大根かい？」

寅次が問う。

「いえ、風呂吹き大根で」

のどか屋の二代目が答えた。

「いいな、そっちも」

「味噌たっぷりで頼むわ」

岩本町の御神酒徳利の声がそろった。

「承知で」

千吉がいい声で答えた。

時吉は仕込みに余念がなかった。まずは穴子を白焼きにする。

このまま白焼きや蒲焼きへもっていってもいいが、親子がかりの日には凝った料理をつくれるし、二代目の千吉への伝授にもなる。時吉は穴子のかぶら蒸しをつくることにした。穴子にたれを塗って焼きあげてからも、いろいろと段取りがあるから手間がかかる。

今日はのどか屋のいちばんの常連で、おちよの俳諧の師匠でもある大橋季川が泊まる日だ。まず大松屋の内湯につかり、のどか屋の座敷でなじみの按摩の良庵の療治を受ける。そのあとで穴子のかぶら蒸しを出すつもりだった。

まず風呂吹き大根が来た。

大根を昆布だしでほっこりと煮て、味噌をたっぷり塗って供する。ただそれだけの簡便な料理だが、冬場は実にありがたい。

「かあ、うめえな」

湯屋のあるじがうなった。

「大根が成仏（じょうぶつ）してるぜ」

野菜の棒手振りが言う。

「大根に生き死にがあるのかよ」

寅次が首をひねる。

「そりゃありますぜ。野菜には野菜の命ってのがあらあな。そいつをここの二代目が成仏させてやってるんで」

富八が熱を入れて語った。

「なるほど。ありがたく食わなきゃな」

岩本町の名物男が言った。

「ほかに、煮奴（にやっこ）ならすぐお出しできますが」

千吉が水を向けた。

「いいな」

湯屋のあるじがすぐさま答える。

「五臓六腑までであったまりますからな」

富八が和す。

「なら、お運びします」

おようがさっそく動いた。

「おっ、身重なんだから、動かなくていいぜ」

寅次があわてて言った。

「いえ、これくらいになったら、多少は動いたほうがいいので」

おようは目立つようになったおなかに手をやった。

「年が明けてひと月くらいと前に聞いたが、楽しみだな、二代目」

富八が声をかけた。

「へへへ」

千吉は嬉しそうに笑った。

煮奴が運ばれてきた。

豆腐を昆布だしでことこと煮て、削り節などの薬味を添えただけのまっすぐな料理だが、これまた冬にはありがたい。

「熱いので、お気をつけくださいまし」

おようがひと声かけて土鍋を置いた。

「急いてやけどをしちまったら、元も子もねえからな」

「のどか屋は豆腐もうめえから」

「そりゃ豆腐飯の旅籠だからよ」

岩本町の御神酒徳利が掛け合っているうち、表で人の話し声が響いた。

ほどなく、のれんが開き、人がいくたりも入ってきた。

おけいが泊まり客を案内してきたのだ。

四

のどか屋にやってきた客は五人だった。

越中富山の薬売りが二人、あとは秩父から江戸見物に来た男たちだ。

「久しぶりっちゃ」

江戸へあきないに来るたびにのどか屋を定宿にしてくれている薬売りが笑顔で言った。

「お久しぶりです、孫助さん」

おちよは名を呼んだ。

薬売りのなかでも大将格の古参だから、すっかり顔なじみだ。

「このたびは、初陣の弟子をつれてきたっちゃ」

孫助は若者を手で示した。

「どうぞよしなに」

若者が緊張気味に頭を下げた。

「いいお部屋が空いておりますし、おいしいものをたんとお出ししますので」

おちよは如才なく言った。

「相も変わらず、きのどくな」

孫助が笑顔で答えた。

きのどくな、と言っても江戸の言葉とは意味合いが違う。越中富山では「すまないねえ」「ありがてえこって」という意味になる。

秩父の客のほうは、おようとおけいが応対に出た。

「旅の疲れを癒すには、江戸の湯屋ですぜ。すぐご案内できますが」

そこへさっそく寅次が加わる。

「湯屋か。さっぱりするから行くべえか」

いちばん年かさの男が乗り気で言う。

「湯から出たら、『小菊』っていう細工寿司の見世もありますんで」

湯屋のあるじがなおも言った。

「娘さんがおかみさんなんで」

おようが笑みを浮かべた。

寅次の娘のおとせと、時吉の弟子の吉太郎が切り盛りしている見世で、細工寿司もおにぎりもうまい。味噌汁もよそとはひと味違う名店だ。

「なら、湯につかってからそこで呑み食いするべ」

「おう」

話はたちどころにまとまった。

「うちはさっそく得意先廻りっちゃ」

孫助が言った。

「精が出ますね」

と、おちよ。

「江戸には物見遊山で来たわけじゃないからな」

孫助は若者に言った。

「へい。気張ってやるっちゃ」

いい声が返ってきた。

五

いくらか経った。

隠居の季川が顔をのぞかせた。

「ちょいと早かったかね」

のどか屋のいちばんの常連が言った。

「良庵さんとおかねさんは、おっつけ見えるでしょう」

と、おちよ。

「では、先にかぶら蒸しをお出しいたしましょう」

時吉が言った。

「穴子と合わせてありますので」

千吉が言葉を添えた。

「それはおいしそうだね。いただくよ」

隠居の白い眉がやんわりと下がった。

すりおろした蕪の水気を切り、泡立てた玉子の白身と塩を加えてよくまぜる。白焼きにしてからたれを塗って焼いた穴子の切り身の上に、これをかぶせるように載せる。ほどよく蒸しあがったら、水溶きの葛粉でとろみをつけた銀あんをかけ、山葵を添えて供する。

季川が万吉を遊ばせてやっているうちに、かぶら蒸しができあがった。

「では、いただくよ」

隠居が箸を伸ばした。

「どうぞ」

おちよが身ぶりをまじえた。

料理の評判やいかにと、千吉が身を乗り出す。

「手間が活きた口福の味だね。実にうまいよ」

いくらか食してから、隠居は絶賛した。

「つくった甲斐がありました」

千吉が笑顔で言った。

ここで良庵と女房のおかねが入ってきた。

「あ、お待たせいたしました、ご隠居さん」

おかねが季川の顔を見て言った。

「いや、早く来すぎたんだよ。いまおいしい料理を出してもらったところだから、これを食べ終えたらもんでもらうよ」

隠居はそう言ってまた箸を動かした。

「どうぞゆっくり召し上がってくださいまし」

按摩の女房が笑顔で言った。

六

座敷に腹ばいになった隠居の腰を、調子のいい指さばきで良庵がもむ。療治はいつもの調子で進んだ。

「また生き返ったたね」

ひとわたり療治が終わったところで、季川が言った。

「ご隠居さんは元の体がしっかりしておられるので、もみ甲斐がありますよ」

良庵が笑みを浮かべる。

「この調子なら、百まで長生きされるでしょう、師匠」

俳諧の弟子のおちよが言った。

「そりゃあ、長生きのしすぎだよ、おちよさん」

季川は苦笑いを浮かべた。

そこへ、また常連が二人入ってきた。

「あっ、平ちゃん」

厨から千吉が気安く呼びかけた。

のどか屋に姿を現わしたのは、万年平之助同心だった。

「おう、気張ってるか」

万年同心が軽く右手を挙げた。

「気張ってるよ」

昔から仲がいい同心に向かって、千吉はいい顔つきで言った。

「おっと」

ぶつかりそうになった万吉を手で制したのは、黒四組のかしらの安東満三郎だった。

「すみません。……これ、ちゃんと前を見て」

おようが万吉をたしなめた。

「はは。見世の中ならいいが、往来だと危ねえぜ」

安東満三郎が笑って言った。

「なら、次の療治へ向かいますので」

「またよしなに」

按摩の夫婦が言った。

「ああ、次も世話になるよ」

隠居が温顔で言った。

黒四組の二人は、隠居と同じ一枚板の席に陣取った。

将軍の履物や荷物を運ぶ黒鍬の者は、三組まであることが知られている。さりながら、正史には記されていない第四の組も人知れず設けられていた。約めて黒四組だ。

黒四組のつとめは影御用だ。近頃の悪党どもは日の本じゅうを股にかけて動く。そこで、縄張りにとらわれず、いずこへでも出張っていく黒四組の出番だ。

捕り物は町方や火盗改方などの力を借りる黒四組は少数精鋭だ。かしらの安東満三郎と、江戸を縄張りとする万年同心、ほかにはつなぎ役の韋駄天侍、井達天之助と、日の本の用心棒の異名を取る室口源左衛門がいる。いずれものどか屋の常連だ。

「このところ、お役目のほうはいかがです？」

酒を運んできたおちよが、いくぶん声を落としてたずねた。

「いまのところは凪だが、また水野様が強引なことを始めたからな」

黒四組のかしらは苦笑いを浮かべた。

「例の人返し令ですね」

と、おちよ。

「そのとおり。江戸の無宿人を故郷へ返す。行くあてのねえ者は、浅草に寄場をつくって働かせる。絵図面どおりに進めばいいかもしれねえが、あまりにもやることが短兵急だ。こりゃどこかでひずみが出るだろうよ」

安東満三郎は少し眉根を寄せた。

ここで時吉が肴を運んできた。

「いつものでございます。声が聞こえた刹那からつくりはじめました」

半ば戯れ言めかして時吉が差し出したのは、油揚げの甘煮だった。

「おっ、いつものがいちばんだ」

黒四組のかしらは渋く笑って小ぶりの椀を受け取った。

油揚げを食べやすい大きさに切って茹でる。油が抜けたところで醤油と多めの砂糖を入れてわっと煮る。煮汁が少なくなったらもう出来上がりという簡明な肴だ。

「うん、甘え」

　さっそく箸を伸ばした安東満三郎の口から、お得意の台詞が飛び出した。

　この御仁、とにかく甘いものに目がない。甘ければ甘いほどいいと言うのだから、よほど変わった舌の持ち主だ。

　その名を約めたあんみつ隠密が通り名だ。町方の隠密廻りは江戸だけが縄張りだが、黒四組のかしらは神出鬼没で、日の本じゅうに姿を現わす。

　いま食している油揚げの甘煮も、のどか屋ではあんみつ煮と呼んでいる。どんな料理でも、あんみつ隠密は味醂をどばどばかけてむやみに甘くして食すのが常だった。

　隠居と万年同心には千吉が鰤大根を出した。旬のものを合わせたまっすぐな料理だ。

　それを食しながら、さらに話をする。

「例の三方領地替えで懲りたかと思いきや、相変わらず短兵急で強引だね、水野様のやり方は」

　隠居が忌憚なく言った。

「そのとおりだよ、ご隠居。ま、三方領地替えが不首尾に終わったので、捲土重来とばかりに人返し令を持ってきたのかもしれねえが」

　あんみつ隠密はそう言うと、いくぶん目をすがめて猪口の酒を呑み干した。

「三方領地替えが沙汰止みになったことで、意地になっているのかもしれないね」

隠居はそう言って、味のしみた大根を胃の腑に落とした。

三方領地替えの一件は江戸じゅうの話題になった。老中水野忠邦が裏で糸を引くかたちで、無理筋と思われる領地替えの話が降ってわいたように持ち上がった。

庄内藩主酒井忠器を越後長岡へ転封し、大御所の徳川家斉の子を養子に迎えた武蔵川越藩主松平斉典を庄内へ移すという画策だ。善政が敷かれていた庄内藩の人々にとっては寝耳に水の話だった。

理不尽な領地替えを沙汰止みにさせるべく立ち上がった庄内の越訴衆は、はるばる江戸にもやってきた。なかにはのどか屋に長逗留し、すっかり顔なじみになった者もいた。

至誠は天に通ず。

庄内の越訴衆の思いは諸大名を動かし、紆余曲折を経て、理不尽な三方領地替えはめでたく沙汰止みとなった。朗報を聞いた庄内の民は大いにわいたと聞く。

「今度こそわが名案を押し通してみせると力んでるのなら、傍迷惑な話かもしれねえ」

黒四組のかしらが言った。

「あっという間に寄場ができちまいましたからね」

万年同心がそう言って上役に酒をついだ。

十一月の十三日に人返し令が出されたと思ったら、師走の八日には浅草に寄場ができた。向後、無宿人はここに集められることになる。

「江戸に無宿人が増えて、なかには悪さをするやつがいることもたしかだ。そいつらを故郷へ戻して田畑を耕させ、郷里のねえやつは寄場で働かせりゃ万々歳ってのは、頭の中で都合よくこしらえた絵図面のような気がしてならねえ」

あんみつ隠密はそう言って、猪口の酒を呑み干した。

「三方領地替えも、都合よくこしらえた絵図面だったからね」

隠居がそう言って鰤を胃の腑に落とした。

「人が思案することは、存外に似たようなものですからね。……はい、煮奴、お待ちで」

時吉が土鍋を運んできた。

筋のいい豆腐を、昆布だしでじっくり煮る。ただそれだけの料理だが、冬場は何よりありがたい。

「おう、うまそうだ」

万年同心が少し身を乗り出した。

「安東さまはこちらで」

おちよが味醂の入った取り皿を置いた。

「ありがとよ」

黒四組のかしらは、いなせなしぐさで右手を挙げた。

「では、このあとはどうなるのでしょう」

万吉の相手が一段落したおようがたずねた。

「先のことは分からねえが、故郷へ帰るのも寄場送りもまっぴら御免ってやつはたんといるだろう。そういうやつらが悪さをしなきゃいいんだが」

あんみつ隠密は懸念を示した。

「まあ、何にせよ、このまま無事に新年を迎えられれば」

おちよが言った。

「来年は子も増えるんで」

千吉が厨から言った。

「そうそう。それがいちばんの楽しみだね」

隠居はそう言うと、まだ湯気を立てている煮奴を口中に投じた。

第二章　雑煮とおせち

一

新年になった。

天保十四年（一八四三）だ。

当時の歳は数えだから、おととしの天保十二年の秋口に生まれた万吉は早くも三歳ということになる。

のどか屋の旅籠のほうは、正月でも休みなしだ。江戸へ初詣に来る泊まり客がいるから、むしろ書き入れ時と言える。

朝の豆腐飯の膳は、それを楽しみにしている客がいくたりもいるから休むわけにはいかない。すっかりのどか屋の顔になった名物料理だ。

毎日つぎ足しながら使っているのどか屋の「命のたれ」にだしと醬油と味醂を加え、豆腐をじっくりと煮る。江戸ならではの甘辛い味つけだ。

これをほかほかの飯に載せて食す。まずは匙で豆腐だけをすくって食べてみる。これだけでも充分にうまい。

続いて、飯をわっとまぜて口中に投じる。うまいばかりか、腹にもたまるから朝の膳にはもってこいだ。

さらに、とりどりの薬味を載せて食す。切り海苔、刻み葱、炒り胡麻に練り山葵。それぞれの薬味を加えると味がまた変わっていく。

三度の味が楽しめる豆腐飯。

これを目当てにのどか屋に長逗留する客がいるほどの看板料理だ。

正月だから、豆腐飯のほかには雑煮が出る。昆布巻きや田作りなどのおせち料理も小鉢でつく。紅白の蒲鉾も彩りを添えているから、のどか屋の正月の朝膳はことのほか華やかだ。

「何度食ってもうまいっちゃ」

越中富山の孫助が笑みを浮かべた。

「正月明けまでなのは残念で」

新顔の薬売りが言う。

「江戸でのお仕事は慣れました？」

おちよが訊いた。

「へえ、おかげさんで」

若い薬売りがいい表情で答えた。

「江戸で廻れるところはだいたい廻ったっちゃ」

孫助が言った。

「孫助さんに教わったら、立派な薬売りさんになれますからね」

おちよのほおにえくぼが浮かぶ。

「うちの置き薬も重宝していますから」

お産を控えているおようが言った。

「そりゃあ、きのどくな」

孫助が例の越中弁で答えた。

二

「中食がないと楽ですね」

表を箒(ほうき)で掃きながら、およらが言った。

「そうね。三が日だけでも楽させてもらわないと」

おちよが笑みを浮かべた。

「小太郎、まて」

万吉がとことこ歩いてきた。

「いじめちゃ駄目だぞ」

見守っていた千吉が言った。

「まて、まて」

わらべがさらに猫を追う。

小太郎はあわてて階段を上って逃げ、おのれの身をぺろぺろとなめはじめた。

「ちょっと前までは『にゃーにゃ』としか言わなかったのに、ずいぶん言葉が増えてきて」

おちよが頼もしそうに孫を見た。

「では、ちょっと歩きを」

掃除を終えたおようが言った。

お産が近いから、少しでも歩くようにと産婆からは言われている。

「どこまで行くの？」

千吉がたずねた。

「のどか地蔵まで歩いて戻って、また歩いて戻るの」

おようは腕を振ってみせた。

初代のどかを祀ったのどか地蔵の横には、ちのとしょうの卒塔婆もある。かわいがられていた猫たちは、虹の橋を渡って、いまは空から見守ってくれている。

「ずいぶん近場だね」

千吉は笑って言った。

「近いのが何よりよ」

と、おちよ。

「一緒に歩こう、万吉」

おようはせがれに声をかけた。

「うん」

万吉は素直に答えた。

「手をつないでもらえ」

千吉が言う。

「はい、つかまって」

おようが手を引いて歩く。

万吉の足取りはしっかりしていた。半年くらい前とは見違えるような足運びだ。

「万ちゃん、しっかり」

おちよが声援を送る。

そのうち時吉も出てきた。厨仕事がないから、のんびりとながめる。

「これくらい歩けば大丈夫ね」

おようが歩みを止めた。

「あっ、儀助ちゃんたちが」

千吉が真っ先に気づいて手を挙げた。

おようの母のおせい、弟の儀助。それに、義父の大三郎がやってくるのが見えた。

「明けましておめでたく存じます」

おちよがあいさつする。

「おめでたく存じます」

「今年もよしなに」

明るい声が返ってきた。

三

「お正月は餡巻き（あんま）の仕込みをしていなくてごめんね」

千吉が儀助にわびた。

甘い餡をくるくる巻きこんで焼く餡巻きは、かつては儀助の大好物だった。

「もう餡巻きばかり食べるわらべじゃないから」

儀助が笑顔で答えた。

「大きくなったわねえ。今年でいくつ？」

おちよがたずねた。

「十一で」

儀助が答えた。

「職人の修業も気を入れてやってるんで」

その父の大三郎が笑みを浮かべた。

「だんだん腕は上がってきてるんですよ」

おせいが頼もしそうに言う。

おようの父は腕のいい蕎麦職人だったが、心の臓の差しこみであいにく若くして亡くなってしまった。おせいは女手一つでおようを育てていたが、縁あってつまみかんざしづくりの親方の大三郎の後妻となり、やがて儀助が生まれた。

おようもかつてはつまみかんざしづくりを手伝っていたが、いまはのどか屋の若おかみだ。万吉の次の子も近々生まれるし、どちらの家族も順風満帆だった。

「正月はこれで」

餡巻きの代わりに、千吉が雑煮を運んできた。

「おせちもあるので」

時吉も続く。

焼いた角餅に、昆布と鰹節でだしを取った汁。具は小松菜に蒲鉾に椎茸。江戸ならではの雑煮だ。

おせちは昆布巻きに田作り。栗きんとんに数の子。海老と慈姑の煮物。品のいいお重に盛り付けられている。

「いただきます」

　儀助が元気よく箸を取った。

「そうそう、春宵さんがみなさんによしなにと」

　おせいが伝えた。

「達者にやっていますか」

　時吉が表情をやわらげた。

　吉岡春宵は人情本の作者だったが、あれもこれもまかりならぬとする天保の改革でなりわいを続けることができなくなった。一時は世をはかなみかけたが、のどか屋の面々の力添えもあり、いまは大三郎の弟子としてつまみかんざしづくりに励むかたわら、『本所深川早指南』の執筆も進めている。

「もうひとかどの職人ですよ。なにぶん筋がいいので」

　大三郎が白い歯を見せた。

「書物のほうもおおかた上がったとか」

　おせいが言った。

「気張ってるんですね、春宵さん」

おちよが笑みを浮かべる。

「どれもおいしい」

おせちを味わいながら、儀助が言った。

「なら、次から餡巻きはもういいね」

と、千吉。

「うーん……」

儀助は少し思案してから続けた。

「やっぱり餡巻きも食べたい」

背丈の伸びた儀助がそう言ったから、のどか屋に和気が満ちた。

四

「なら、安産のお願いもしてくるから」

おせいが軽く右手を挙げた。

これから家族で浅草の浅草寺（せんそうじ）へ初詣に行き、そのまま本所へ戻るらしい。

「こちらも安産のお願いをしてくるので」

　おようは母に告げた。

「朗報を待ってるからな」

　大三郎が言った。

「はい」

　おようがうなずく。

「気張ってね、お姉ちゃん」

　儀助が言った。

「そりゃ、気張らないと生まれないから」

　おようは笑って答えた。

　本所の家族を見送ってほどなく、近くの大松屋の家族があいさつにやってきた。

「これはこれは、三代おそろいで」

　おちよが笑顔で出迎えた。

「今年もよろしゅうに、升ちゃん」

　二代目の升造に向かって、千吉が言った。

　わらべのころからともに遊び、旅籠の二代目として競い合ってきた竹馬の友だ。

「今年から内湯が増えるので、また競い合ってやりましょう」

大松屋のあるじの升太郎が笑みを浮かべた。

もともと内湯が自慢の宿だが、普請をしてさらに広くなった。

「お風呂と料理、それぞれに看板が違いますからね」

と、おちよ。

「子の育ち具合も競いになるね。うちのほうが半年ほど遅いから勝てないけど」

千吉が歩きだした万吉を指さして言った。

「負けないようにしないと」

升造が笑みを浮かべた。

「一緒に歩いておいで」

その女房のおうのが子の升吉に言う。

「うんっ」

升吉はすぐさま歩きだした。

さすがに半年生まれが早いから、歩き方も堂に入っている。たちまち万吉を追い抜いた。

「ほら、抜かれたぞ」

時吉が笑って孫に言った。

万吉はわらべなりに気張って抜き返そうとしたが、足がもつれてべたっとこけてしまった。

「あらあら」

見守っていたおようが声をあげた。

万吉はたちまち泣きだした。

「ごめんね、千ちゃん」

升造がわびた。

「料理と一緒で、しくじりながら覚えていくんだから」

千吉は笑って答えた。

五

翌日――。

朝の膳が終わると、旅籠は今日だけ手伝いのおけいに任せ、家族で初詣へ出かけた。

場所は神田の出世不動だ。

大火で焼け出されるたびに、のどか屋は場所を移して新たなのれんを出してきた。

神田三河町から岩本町、そしていまの横山町だ。

のどか屋が三河町にあったとき、折にふれてお参りに行っていたのが出世不動だった。時吉にとっては、ことに思い出深い場所だ。

「千吉の安産祈願でもお参りしたからな。ずいぶん昔の話だ」

時吉が少し遠い目で言った。

「今度はおまえの弟か妹の安産祈願だから」

万吉を抱っこした千吉が言った。

しばらく歩かせていたのだが、わらべの足は長く続かない。千吉と時吉がかわるがわるに抱っこしながら進んでいく。

産み月が近いおようだが、ゆっくりと歩いたほうがお産にはいい。急ぐお参りではないから、万吉にお乳をやったりしながら、休み休み歩を進めていた。

かつて住んでいた町だから、古いなじみの知り合いも多い。このたびは出世不動の初詣と年始廻りも兼ねていた。

醤油酢問屋の安房(あわ)屋は、かつてはあるじの辰蔵(たつぞう)がのどか屋の常連だった。隠居の季川と並ぶ常連の大関(おおぜき)格だったのだが、悲しむべきことに、三河町の茶漬屋(ちゃづけや)から出た大火で落命してしまった。

さりながら、子の新蔵が立派に跡を継ぎ、さらにその子もいくたりもできてあきないも繁盛している。

野田の醬油づくりの花実屋や、流山の味醂づくりの秋元家、のどか屋にゆかりの醸造元は江戸へあきないに来るたびに安房屋をたずねている。人の輪はこうしてほうぼうにつながっていた。

安房屋の次は、青葉清斎と羽津の診療所をたずねた。清斎は本道（内科）の医者で、千吉も取り上げてもらった羽津は腕のいい産科医だ。

正月の診療は一応のところ休みだが、近くに療治長屋があり、長らく療治をしている患者もいるから、医者は年中無休のようなものだった。ちなみに、療治長屋ではのどか屋からもらった猫たちが「療治の友」としてつとめている。なかには見事につとめを果たし、本復を遂げた者にもらわれていったほまれの猫もいた。

せっかくなので、羽津におようを診察してもらうことになった。

「いたって順調ですね」

心の臓の音などを聴いた産科医が笑みを浮かべた。

「そうですか。ほっとしました」

おようは笑顔で答えた。

「千吉のときは大変だったけど、あなたは大丈夫そうね」

付き添いに来たおちよが言った。

診察のあいだ、時吉と千吉は清斎の診療所で話をしていた。薬の調達などの帰りに清斎がのどか屋へふらりと立ち寄ることはあるが、逆は珍しい。

「ほんとに、羽津先生は命の恩人で」

おちよが当時を思い出して言った。

予定よりかなり早く産気づいてしまったときは焦ったが、結局は母子ともに無事だったのは幸いだった。

「あのときの千吉ちゃんがもう二人目の子の父親なんですから、わたしも歳を取るものです」

羽津はそう言うと、だいぶ白くなってきたつややかな髪に手をやった。

「それはお互いで」

おちよも笑みを返した。

六

「ゆっくり、一段ずつね」

千吉がおようの手を引いて言った。

さほど長くはないが、出世不動には石段がある。身重の体にはいささか難儀(なんぎ)だ。

「うん、大丈夫」

おようが答えた。

「気張って上れ」

時吉は万吉の手を引いていた。

「疲れたら抱っこしてもらい」

おちよが声をかける。

「ちょっと危ないかも」

せがれの様子を見ていた千吉が言った。

「よし、抱っこだ」

時吉が石段の途中でひょいと持ち上げた。

「まだいちばん力があるからね」

と、おちよ。

「そりゃ鍛(きた)えが入ってるから」

時吉はそう答えると、軽々と万吉を抱っこして残りの石段を上った。

だしぬけに、ある記憶がよみがえってきた。

故郷の大和梨川だ。

神社の長い石段をいくたびも上り下りして足腰を鍛えた。剣術の修行も怠(おこた)らず、藩で右に出る者のない腕前になった。

良いことばかりではなく、悔いの残る出来事もあり、結局は剣を棄てて包丁に持ち替えることになったが、それでも故郷の記憶は折にふれてなつかしくよみがえってくる。

思えば遠くへ来た。

長い旅を続けてきた。

孫を抱っこして石段を上りながら、時吉はそんな感慨(かんがい)にふけった。

「さあ、ついたわね」

おちよが言った。

思い出深い場所だ。

大火のあと、はぐれてしまった初代のどかと再会を果たしたのもこの出世不動だった。

「よし、お参りだ」

千吉が万吉に言った。

「こうやって両手を合わせて、住んでるところと名前を告げて、願いごとをお伝えするの」

おようが身ぶりをまじえた。

千吉が手本を示した。

「横山町の千吉です。子が無事生まれて、のどか屋がますます繁盛しますように」

万吉の番になった。

「万吉です。んーと……」

わらべは少し思案してから続けた。

「大きくなりますように」

万吉が声に出してそんな願いごとを告げたから、出世不動に笑いがわいた。

七

翌日の三日から仕込みを始めた。

明日からまた中食を再開する。豆(まめ)を水に浸けるなど、もろもろの下ごしらえをしておかなければならない。

昼過ぎには、旅籠の元締めの信兵衛が顔を見せた。少し遅れて、馬喰町(ばくろちょう)の力屋(ちからや)のあるじ、信五郎(しんごろう)も新年のあいさつにやってきた。その名のとおり、食えば力の出る料理を供している飯屋で、のどか屋とは古い付き合いの猫縁者でもある。

「正月はあっと言う間でしたな」

信五郎が言った。

「力屋さんも明日からのれんを？」

おちよが訊いた。

「娘婿は今日から出すつもりだったんですが、正月くらいはゆっくりして、子供らを遊ばせたらどうかと言ったんで」

力屋のあるじが答えた。

力屋の娘はおしの、その入り婿は為助。京から来た為助は時吉の弟子でもある。二人の子に恵まれ、上の信助は早いものでもう五つを過ぎた。

「そうですね。いざ見世が始まったら忙しいので」

おちよが笑みを浮かべた。

凝った料理は出せないが、おせちはまだかなり残っていた。元締めと力屋のあるじには、おせちを肴に酒を出した。

「この昆布巻きは絶品だね」

信兵衛が相好を崩した。

「縁起物のよろ昆布（喜ぶ）ですから」

千吉とともに万吉を座敷で遊ばせていたおようが言った。

「鰊の炊き方が、さすが料理屋という味で」

力屋のあるじがうなる。

「そちらも料理屋さんじゃないですか」

と、信兵衛。

「いやいや、うちはただの飯屋なので」

信五郎がそう言ったから、のどか屋に和気が漂った。

「鰊も二親(にしん)に通じる縁起物ですから」

おちよのほおにえくぼが浮かんだ。

「いずれにせよ、正月の昆布巻きを食べるだけで、子孫繁栄(しそんはんえい)、無病息災(むびょうそくさい)だね」

元締めは機嫌よく言うと、猪口の酒を呑み干した。

「そうありたいものですね」

もうじき二人目の子の父になる千吉が座敷から言った。

第三章　煮奴(にゃっこ)の味

一

翌日の四日から、いつものどか屋に戻った。

時吉も浅草の長吉屋へ出かけた。千吉との親子がかりの日を除けば、通いで弟子たちに料理の指南をし、花板として一枚板の席に立つ。

中食が始まる前に、長逗留の客が出立(しゅったつ)した。

越中富山の薬売りたちだ。

「またお越しくださいまし」

おちよが笑顔で見送った。

「次はべつの弟子をつれてくるっちゃ」

孫助がいい顔つきで言った。

「次に見えたときは、もう二人目が生まれていますので」

若おかみのおようが帯に手をやった。

「そりゃあ、楽しみだっちゃ」

孫助は破顔一笑した。

「なら、いろいろときのどくな」

「きのどくな」

大きな荷を背負った薬売りたちは、手を振りながら去っていった。

年始めの中食には赤飯を出した。ぷっくりとしたささげがふんだんに入ったのどか屋自慢の赤飯だ。

これに小鯛の焼き物、紅白の蒲鉾、黄金色の栗きんとんに大根菜の胡麻和え、さらに、正月を締めくくる雑煮までついた。年始めの中食は、にぎやかな膳になった。

「今年ものどか屋の中食が楽しみだな」

「ずっと近くで普請がありゃいいんだがよ」

なじみの大工衆が笑みを浮かべた。

ほどなく、そろいの半纏姿の火消し衆が入ってきた。

よ組の面々だ。

「あら、みなさんおそろいで」

おちよが目をまるくした。

かしらの竹一（たけいち）と纏持ちの梅次（うめじ）が中食に顔を見せるのは珍しい。

それだけではなかった。若い火消しの兄弟、竜太と卯之吉もいた。

「娘さんたちの親元にあいさつにと思ってな」

竹一は告げた。

「うちにですか？」

ほかの客に膳を運びながら、江美がたずねた。

「そうだよ。おいらはこいつらの親代わりだからな」

よ組のかしらが火消しの兄弟を手で示した。

竜太と卯之吉の二親（ふたおや）は若くして亡くなっており、天涯孤独の身だ。ことに父親は火事で亡くなった。二人が火消しを志したのは、弔（とむら）い合戦（がっせん）のようなものだった。

「なら、今日で話がまとまるわけですね？」

おちよが嬉しそうに問うた。

「おう、そのつもりで行くんだ」

打てば響くように、火消しのかしらは答えた。

「気合入れて来たんで」

竜太が帯をぽんとたたいた。

「その前に、お膳は？」

戸美がたずねた。

「そりゃ食ってくぜ」

竜太はすぐさま答えた。

「のどか屋の中食を食ったら百人力だからよ」

戸美を娶ることになっている弟の卯之吉が白い歯を見せた。

兄が双子の姉、弟は妹。阿吽の呼吸で惹かれ合って絆が結ばれた。双子とはいえ、むろん性分は違う。どうやら紡がれるべくして紡がれた縁のようだ。

「なら、みなで腹ごしらえだ」

かしらが言った。

「おう、ちょうど空いたな」

纏持ちが座敷を指さした。

ほどなく膳が運ばれた。

江美が竜太に、戸美が卯之吉に膳を出す。

かしらと纏持ちにはおちよとおけいが運んだ。およう は動くのが大儀なので勘定場に陣取っている。

「おう、雑煮の食い納めだ」

「のどか屋の赤飯を食ったら、よそじゃ食えねえや」

火消し衆の箸が小気味よく動いた。

「紅白の蒲鉾を食ってから行ったら験がいいぜ」

纏持ちの梅次がわしっとほおばる。

「小鯛もうめえ。さすがの焼き加減だな、二代目」

竹一がほめた。

「ありがたく存じます」

千吉は満面の笑みで答えた。

二

よ組の火消し衆の井筒屋訪問は上々の首尾だったようだ。

翌日の二幕目、井筒屋のあるじの善兵衛がのれんをくぐってきた。今日はおつきの若い手代が従っているだけで、おかみのおつうの姿はなかった。

「娘たちは巴屋さんのつとめが終わったら、こちらに来ることになっていますので」

一枚板の席に陣取った善兵衛が告げた。

「まあ、それは大変で」

おちよが言う。

「いや、こちらのつとめもあと少しですから、最後まで気張ってやらせますよ」

銘茶問屋のあるじが笑みを浮かべた。

「そうしますと、晴れて祝言ということで」

と、おちよ。

「うちの双子の娘を見初めてくれた火消しの兄弟、これはなかなかの良縁でしょう」

善兵衛は温顔で言った。

「では、祝いの宴はぜひうちで」

今日はのどか屋に詰めている時吉が言った。

長吉屋では弟子が順調に育っている。花板を任せられる者もいくたりかいるから、今後は前より親子がかりの日を増やすつもりだった。子が二人になったら、おようはもとより千吉の負担も増す。

「それはぜひお願いいたします」

井筒屋のあるじがすぐさま答えた。

「腕によりをかけてつくりますので」

千吉が厨から言った。

「頼みますよ、二代目」

善兵衛は笑顔で言った。

ほどなく、おようが料理を運んできた。

「まもなくだね、若おかみ」

井筒屋のあるじが言う。

「ええ。そちらの祝言の宴のほうが先ですけど。……どうぞ、寒鰤(かんぶり)の照り焼きでございます」

おようは皿を置いた。

お産に備えて、少しでも身を動かすようにしている。中食はばたばたするのでさすがに控えているが、二幕目なら大丈夫だ。

「おお、これはおいしそうだ」

善兵衛はさっそく箸を取った。

評判は上々だった。

「ご飯が恋しくなる味だね。御酒にも合うよ」

江美と戸美の養父は満足げに言った。

「残りはおまえが食べなさい」

善兵衛は手代にすすめた。

「手前も頂戴できるので？」

若い手代の瞳が輝いた。

「はは、お付きの手間賃だよ」

銘茶問屋のあるじは笑って答えた。

「これは……上品なお味ですね」

食すなり、手代は驚いたように言った。

「鰤の切り身に醬油をまぶしておくのが勘どころで。そうすれば、生臭さを抑えられるし、焼き色も付きやすくなるので」

千吉が教えた。

「さすがは『料理春秋』の作者で」

と、善兵衛。

「いや、指南書の元の紙をこしらえただけですから」

千吉はあわてて答えた。

「あ、そんな噂をしていたら……」

おちよが入口のほうを見た。

「当の作者が見えましたな」

善兵衛が表情をやわらげた。

のどか屋に姿を現わしたのは、『料理春秋』を執筆した狂歌師の目出鯛三と、版元の書肆、灯屋のあるじの幸右衛門だった。

三

「それはめでたいことですね」

目出鯛三が笑みを浮かべた。

座敷に上がった狂歌師と書肆のあるじにも寒鰤の照り焼きと酒が出たところだ。

「どちらにも身寄りがないので、ちょうどいい良縁かと」

おちよがそう言って酒をついだ。

「養父のわたしも肩の荷が下ります」

井筒屋の善兵衛が一枚板の席から言った。

「そもそも、どういういきさつで養父に？」

かわら版の文案づくりも手がけている目出鯛三がたずねた。

おちよと善兵衛の目と目が合った。

のどか屋も焼け出されて岩本町から移ることになった先の大火で、おくるみに入った双子の赤子が一石橋（いっこくばし）に近い蔵のかげに置かれていることにおちよが気づいた。子をつれていてはもう逃げきれないと観念し、どこからか救いの手が伸びることに望みをかけたのだろう。

その救いの手を差し伸べたのがおちよで、さらに里子（さとご）として引き取ってくれたのが井筒屋の善兵衛だった。

「そのあたりは、あの子たちに断りなく話すわけにもいかないので」

善兵衛は少し思案してから答えた。

「そろそろ帰ってくると思うんですけど」

おちよが言うとおりだった。

　双子の姉妹によくなでてもらっている小太郎が纏のような尻尾をぴんと立てて入ってきたかと思うと、いくらか遅れて江美と戸美が姿を現わした。

「ご苦労さま」

　養父の善兵衛がまず労をねぎらった。

「話を訊かれます？」

　おちよが目出鯛三にたずねた。

「そうですね。おめでたい祝言の宴になりそうなので、できればかわら版にと」

　狂歌師が乗り気で言った。

「えっ、わたしたちの祝言が？」

　江美が妹のほうを見た。

「火消しさんたちも二親を早く亡くされてるので」

　おちよが言った。

「無理にとは申しませんが、つらい思いをされた人の望みになればと」

　目出鯛三が笑みを浮かべた。

「うまいことを言いますね、先生」

　灯屋の幸右衛門が言った。

「なら、座敷に上がってお酌をしがてら、話をしておいで」

養父の善兵衛が言った。

「はい」

「承知しました」

双子の姉妹はいくらか緊張気味に座敷に上がった。

「お待たせいたしました」

時吉が土鍋を運んできた。

「煮奴でございます」

千吉が鍋敷きと取り皿を置く。

「息が合ってるね」

銘茶問屋のあるじが笑みを浮かべた。

「お座敷にもお持ちしますので」

おちよが言った。

ほどなく、煮奴が行きわたった。

豆腐と葱をだしで煮ただけのいたって簡便な料理だが、冬場にはこれがこたえられない。まさに五臓六腑にしみわたる味だ。

存外に酒にも合う。豆腐のみならず、煮た葱も箸休めにちょうどいい。

そんな調子で、煮奴をつつきながら、目出鯛三は江美と戸美からくわしい話を聞いた。

折にふれて養父の善兵衛と、初めに赤子を拾ったおちよも口を開いて助け舟を出した。かわら版の文案づくりも手がける狂歌師はしきりに筆を動かしていた。

「なるほど、向こうの火消しさんたちも若くして天涯孤独になられたんですね。しかも、父親を火事で亡くされていると」

目出鯛三がうなずいた。

「ええ。それで火消しになろうと思い立ったそうです」

江美が言った。

よ組の若い火消しの兄弟は、父の弔い合戦を兼ねて火消しを志した。これはかわら版の文案をこしらえる者の琴線（きんせん）に触れたようだ。目出鯛三の筆の動きが速くなった。

「親子二代の弔い合戦ですか。それはいい話になりますね」

書肆のあるじがうなずく。

「同じ親子二代でも、うちとは違った物語がありますから」

と、おちよ。

「のどか屋さんにものどか屋さんの長い物語があると思いますが」

　善兵衛が言った。

「いや、うちはただ長いだけで、講釈の華々しい聞かせどころがあったりするわけじゃありませんので」

　追加の酒を運んできた時吉が笑みを浮かべた。

　江美と戸美が目出鯛三と幸右衛門に酌をし、だいぶ場がやわらいできたところで話の本丸に入った。

　先の大火でおちよが双子の赤子を拾い、井筒屋の善兵衛が養父になるまでの話だ。

　双子の姉妹にとってはつらい話だが、どちらもしっかりした受け答えをしていた。

　おちよと善兵衛はなるたけ口を出し、江美と戸美の心の荷が軽くなるようにと心がけていた。

「……なるほど、よく分かりました」

　勢いよく筆を動かしていた目出鯛三が顔を上げた。

「養父の井筒屋さんを実の父親だと思って、これまで生きてきたわけですね」

　双子の姉妹に改めて問う。

「はい」

「そのとおりです」

江美と戸美の声がそろった。

「では、いくらか聞きづらいですが……産みの親を恨んだことは？」

目出鯛三は思い切ったようにたずねた。

「大変な火事だったと聞いています。一緒に逃げたらみな焼け死んでしまうと考えて、火の回りが遅れそうなところに置いてくれたんだと思います」

江美は言葉をかみしめるように答えた。

「たしかに、逃げるのが精一杯だったわ」

おちよが当時を回想して言った。

「おれがいちばん大変だった。千吉を背負い、猫たちと命のたれが入った倹飩箱を提げて逃げたんだから」

時吉が厨から言った。

「ああ、そうだったわね」

やや遠い目つきで、おちよが言う。

「で、話を戻しますと……」

目出鯛三は一つ座り直してから続けた。

「妹さんはいかがです。産みの親を恨んだりはしませんでしたか」

戸美を見て問う。

双子の妹はしばらく考えてから口を開いた。

「一度も恨まなかったと言えば、嘘になります」

戸美はそう答えた。

みながじっと次の言葉を待つ。

「でも……仕方がなかったんだと思います。ほかにも子がいたのかもしれません。火の手が迫ってきて、みなを助けようとしたらだれも助からなくなってしまう。とっさにそう思って、助かりそうなところに置いてくれたんだと思います」

妹の言葉を聞いて、姉が一つうなずいた。

目出鯛三の筆がまたひとしきり動く。

いくらか間があった。

井筒屋のあるじが、ゆっくりと猪口の酒を呑み干す。

「実の親は、この江戸のどこかで暮らしているかもしれません。会ってみたいというお気持ちはありませんか？」

目出鯛三がさらに問うた。

「わたしの実の親は、薬研堀の井筒屋にいます。そう思うようにしています」

江美がまず答えた。

善兵衛がうんうんとうなずき、目尻にそっと指をやった。

「妹さんはいかがです？」

狂歌師は戸美のほうを見た。

おちよが続けざまに瞬きをした。

酷な問いのように思われた。

もうそっとしてあげてください……。

言葉がのど元まで出かけたとき、戸美が口を開いた。

「もし会えるものなら……」

そこでいったん言葉を切る。

「会ってみたいですか」

目出鯛三がやさしい声音でたずねた。

「どうしてそういうことになったのか、いきさつを聞いてみたいような気もします」

戸美は答えた。

また間があった。

「江美ちゃんはどう？」

　おちよがたずねた。

「つらいことを思い出させるだけだから、わたしはあまり」

　双子の姉は首を横に振った。

「でも、聞いてみたい」

　妹がぽつりと言った。

「知っても仕方がないよ」

　江美が言う。

「それはそうだけど……」

　戸美は目を伏せた。

　そんなやり取りを聞きながら、善兵衛は煮奴を胃の腑に落とした。

　これまでいくたびも食してきた煮奴の味が、今日はことに心にしみた。

「では、名乗りがあるかどうかは分かりませんが、かわら版に書かせていただいてもよろしいですね？　あくまでも、火消しの兄弟と双子の姉妹のおめでたい縁組が話の肝（きも）ですので」

　目出鯛三が言った。

「実の親がもし読んだら、分かるように書くわけですか」

　灯屋の幸右衛門が問うた。

「のどか屋のおかみさんが先の火事でおくるみを拾い、いまは薬研堀の銘茶問屋、井筒屋さんの養女になっている。かわら版でそう伝えれば、もしかしたら何か動きがあるかもしれません」

　目出鯛三は答えた。

「承知しました。嫁入りが近い江美と戸美は、こちらの手伝いは今日でおしまいで、うちで支度をさせますので」

　善兵衛が告げた。

「およう さんのお産もあるのに相済みません」

「これまでありがたく存じました」

　双子の姉妹が頭を下げた。

「こちらこそ、いままで手伝っていただいて」

　おちよが笑みを浮かべた。

「元締めさんに次のお手伝いさんを頼んであるので」

　時吉が言葉を添える。

「次は祝言の宴で来てね。張り切ってつくるから」

千吉が二の腕をぽんとたたいた。

「ええ、楽しみにしてます」

「次はお運びなしで」

江美と戸美の表情がやっとやわらいだ。

四

翌々日の中食は七草飯にした。

七草粥のほうが多いが、飯にしたほうが腹にたまるし、汁もつけられる。寒鰤の照り焼きにけんちん汁に金平牛蒡などの小鉢。のどか屋のにぎやかな膳は、また好評のうちに売り切れた。

江美と戸美が嫁入り支度で抜けたから、呼び込みはおけいだけに任せることになった。新たな手伝いの娘が見つかるまで、巴屋のほうはおかみがわざわざ両国橋の西詰まで来ることに段取りが決まった。

「なら、お願いね。わたしも行こうかとも思ったんだけど」

おちよがおけいに言った。

「若おかみが急に産気づいたりしたら大変なので、しばらくはわたし一人で」

おけいが胸を軽くたたいた。

「千吉のときも早産で大変だったから」

むかしのことを思い出して、おちよが言った。

「それは何度も聞いたよ」

千吉が厨から言った。

「本当に大変だったんだから。次のお産は無事だといいわねえ」

万吉を遊ばせていたおように向かって、おちよは言った。

「二人目だし、ここまで来たらあとは産むだけですから」

おようはかなり目立ってきたおなかに手をやった。

二幕目に入った。

まずのれんをくぐってきたのは、元締めの信兵衛だった。

「新たなお手伝いさん、どうにか決まりそうだよ」

のどか屋に入るなり、信兵衛が告げた。

「まあ、それはよかった」

おちよの表情がぱっと晴れた。

「どんな人です？」

厨で仕込みをしながら、千吉がたずねた。

今日は親子がかりではないから、中食から大車輪の働きだ。

「巴屋さんの遠縁に当たる娘さんでね。向こうで顔合わせをしてきたけれど、はきはきしていて看板娘になれそうな感じだよ」

信兵衛は笑みを浮かべた。

「まあ、それはなにより」

と、おちよ。

「きりがいいから、十日からでどうだい。前の日につれてきて、ひとわたり説明をするから」

元締めが段取りを進めた。

「ええ、承知しました。うちの人にも言っておきます。祝言の宴は二十日に決まったし、いろいろときりがいいので」

おちよが答えた。

「そうすると、うちの中食の手伝いから始まって、旅籠の呼び込みは巴屋さんというわけですね？」

　千吉がたずねた。

「それがいいと思うよ」

　元締めがすぐさま答えた。

「で、その娘さんの名前は？」

　おちよがたずねた。

「ちょっとまぎらわしいけど、おちえちゃんだ」

　信兵衛が笑みを浮かべた。

「さようですか。聞き違えないようにしないと」

　おちよのほおにえくぼが浮かんだ。

五

　その日は隠居の季川が良庵の療治を受ける日だった。

　座敷でひとしきり療治を受け、按摩を見送って一枚板の席に移った隠居が所望したのは煮奴だった。今日も風が冷たい。こんな日は、やはり熱燗と煮奴だ。五臓六腑ばかりか、心まであたためてくれる。

「祝言の宴では、発句をお願いしますよ、師匠」

おちよが言った。

「ああ、無い知恵を絞って思案しておくよ」

隠居は温顔で答えた。

外でにぎやかな声が聞こえる。

千吉とおようと万吉に、大松屋の升造とおうのと升吉。二組の家族が語らっている。

万吉と升吉はどうやら歩き比べをしているようだ。

「みな元気でいいね」

隠居はそう言うと、味のしみた煮奴を胃の腑に落とした。

これぞ江戸　煮奴の味しみるなり

思わず発句を口走る。

「さすがですね、師匠」

おちよが笑みを浮かべた。

「つい思いついたものでね。付け句はいらないよ」

隠居はそう言って、今度は葱に箸を伸ばした。

そのとき、表で声が響いた。

「あっ、師匠、今日は早いですね」

千吉が師匠と呼ぶのは時吉だけだ。

「目出鯛三先生がかわら版を届けてくださってな。弟子に仕込みを任せて早めに帰ってきた」

時吉が答えた。

「江美ちゃんと戸美ちゃんのことを書いたかわら版が？」

千吉が訊いた。

「そうだ。さすがにやることが早い」

時吉は答えた。

「かわら版ができたそうですよ」

話を聞いて、おちよが言った。

「そりゃあ楽しみだね」

隠居の白い眉がやんわりと下がった。

時吉が持ち帰ったかわら版は、隠居が読みあげることになった。

みながそれを聞く。

こんな文面だった。

六

今を去ること十数年、文政十二年の三月のことなりき。

江戸を襲ひし大火はあまたの家を焼き、人の命を奪へり。人々は着の身着のまま火の手から逃げ惑へり。

そんなをり、一石橋に近い蔵のかげに異なものが見えたり。

当時岩本町にありし旅籠付き料理屋のどか屋のおかみが近づいてみると、そは双子の女の赤子なりき。

見捨てるべからず。救ふべし。

のどか屋のおかみは果断に動きたり。

「見てきたように書いてありますね」

　おようが口をはさんだ。

「そりゃあ、あきないだから」

　おちよが笑みを浮かべた。

　季川はさらに朗読を続けた。


　双子の姉妹は、江戸にちなんで江美と戸美と名づけられき。

　その里親に名乗りを挙げしは、薬研堀の銘茶問屋、井筒屋善兵衛なりき。恵まれぬ子の里親となってきた有徳(うとく)の人は、江美と戸美の里親にもなれり。

　井筒屋の庇護(ひご)のもとに育ちし双子の姉妹は、縁ありしのどか屋の中食の手伝ひをするようになれり。

　そこにて新たな縁が結ばれり。

　双子の姉妹を見初めしは、よ組の火消しの兄弟なりき。

　兄が竜太で、弟が卯之吉。

　二人の父はかつて火事にて落命せり。その敵討(かたきう)ちとして火消しを志した兄弟と、大火で親とはぐれし双子の姉妹が結ばれしは、神仏の導きならん。

ちなみに、双子の姉妹はおのれを捨てし親を恨んでをらず。大火のなかを逃げきれずととつさに考へ、災ひの降りかからぬ場所に置いてくれしことをむしろ感謝しをり。もしこの刷り物を読みしかば、井筒屋もしくは今は横山町ののどか屋に名乗り出て親子の対面をされんことを。

何にせよ、災ひ転じて福となれり。

善哉(よきかな)、善哉。

隠居は芝居がかった口調でかわら版の朗読を終えた。

「名乗りがあればいいんですけど」

おようが言った。

「それはどうかしら。もし健在でも、いまの事情もあるでしょうし」

おちよが首をかしげた。

「とにもかくにも、産みの親に伝わるといいね」

いくらか嗄(か)れた声で言うと、隠居は湯呑みの茶に手を伸ばした。

第四章　二つの御守（おまもり）

一

「ゆっくりでいいからね。落ち着いて」

おちよが新たな手伝いのおちえに言った。

「なんだかどきどきします」

おちえは胸に手をやった。

十日の中食の前だ。

巴屋の縁者のおちえは、今日から手伝いに入る。住まいを聞けば、のどか屋の若夫婦の家族が暮らしている長屋のすぐ近くらしい。それなら、通うのはまったく難儀ではない。

「焦らなくていいからね」

時吉が肩の力を抜くしぐさをした。

本来なら親子がかりの日ではなかったのだが、初めての手伝いだからのどか屋に詰めている。

「お願いね。わたしはもうおなかが邪魔で」

おようが帯に手をやった。

「気張ってやりますので」

おちえはいくらか硬い笑みを浮かべた。

目を引く小町娘(こまちむすめ)というわけではないが、周りがほわっと明るくなるような雰囲気の娘だ。つとめに慣れれば、きっと客からもかわいがられるだろう。

「ゆっくり運べばいいよ」

厨で手を動かしながら、千吉が言った。

「足元を猫がちょろちょろすることがあるから気をつけて」

おちよがちょうど通りかかったふくとろくを指さした。

仲がいい兄弟だが、やにわに猫相撲のようなものを取りだしたりするから、気をつけなければならない。

「はい。よろしくね」

おちえが猫たちに言ったから、のどか屋に和気が漂った。

「お膳の残りが少なくなってきてお客さんを止めるのはわたしがやるから」

おちよが右手を挙げた。

「勘定場はわたしが」

おようが続く。

「わたしも運ぶので」

おけいも笑みを浮かべた。

「よし。みなで助け合ってやろう」

時吉が両手を打ち合わせた。

「はいっ」

のどか屋の女たちの声がそろった。

二

その日の中食は、ほうとう膳だった。

幅広の煮込み麺は、冬場にはもってこいだ。甲州の味噌仕立てと、武州の醬油仕立て。味つけには二種があるが、今日は味噌仕立てにした。

味噌仕立てのほうとうには南瓜が合う。ほかに、里芋や人参や蒟蒻(こんにゃく)など、これでもかと具が入っているからずっしりと重い。

これに茶飯と香(こう)の物。それに、小ぶりだがあぶった干物までつく。なかなかに豪勢な膳だ。

「お待たせいたしました」

おちえが膳を運んでいった。

「おっ、新顔かい」

なじみの左官衆の一人がすかさず言った。

「はい、今日からです」

おちえはそう答え、慎重に盆を置いた。

「そりゃ大変だ」

「気張ってやりな」

「焦ってすっころばねえように」

気のいい左官衆が口々に言った。

江美と戸美の姉妹の代わりに一人だから、運ぶ手がどうしても遅れてしまう。ときには時吉と千吉がおのれの手で仕上げた膳を運び、慣れていないおちえを助けた。古参のおけいもいる。みなが助け合った甲斐あって、三十食のほうとう膳はまたたくうちに売り切れた。

膳も好評だった。

「寒い時分は、ほうとうがいちばんだな」

「味噌の煮込みうどんもいいけどよ」

「心までほっこりするぜ」

膳を食べ終えた客は、みな上機嫌だった。

「毎度ありがたく存じます」

おようがいい声で見送った。

「ありがたく存じます」

おちえが和す。

だんだん声が大きくなってきた。

その様子を見て、おちよが安心したようにうなずいた。

中食が終わると、今度は呼び込みだ。

両国橋の西詰へ赴き、旅籠の客を呼び込む。

片付けものが終わったところで、まかないが出た。

ほうとうは売り切れだが、茶飯は多めに炊いてあるし、干物や小鉢もある。

「たくさん食べて、腹ごしらえをしてから行ってね」

おちよがおちえに言った。

「なんだか胸がいっぱいで」

おちえはややあいまいな顔つきで答えた。

「わたしも久々に呼び込みへ行くから」

千吉がぽんと帯をたたいた。

「昔取った杵柄(きねづか)だな」

時吉が笑みを浮かべる。

「大松屋の升ちゃんと競ってやるんで」

と、千吉。

「お客さんの案内がまた大変ね。道々、ずっと黙ってるわけにもいかないだろうし」

おちよが言った。

「初めだから、巴屋さんまで付き添っていきな」

時吉が二代目に言った。

「巴屋のあるじの松三郎さんも、しばらくは両国橋の西詰へ顔を出してくださると」

おちえが伝えた。

「ああ、それなら千吉は要らないな」

時吉がうなずいた。

「なら、おけいさんと一緒にこちらへ戻ります」

千吉が呑みこんで言った。

かくして、段取りが整った。

三

両国橋の西詰には、今日も多くの旅籠の呼び込みが出ていた。

人通りが多く、横山町や馬喰町の旅籠町に近い。呼び込みにはうってつけの場所だ。

「お泊まりは、内湯のついた大松屋へー」

升造が声を張りあげた。

「のどか屋は旅籠付きの小料理屋。朝は名物、豆腐飯だよー」

竹馬の友の千吉が、負けじといい声を響かせる。

「豆腐飯は江戸名物、お泊まりはのどか屋へ」

おけいが大きく出た。

「建て増しで泊まり部屋が増えました。畳も新しくて気持ちがいい巴屋へどうぞ」

珍しく呼び込みにきたあるじの松三郎が声をかけた。

「おちえちゃんも声を出して」

千吉が笑顔でうながした。

「えーと、どちらに」

まだ慣れない様子で、おちえが問うた。

「旅籠はうちのほうで頼むよ」

巴屋のあるじが言った。

「分かりました。えーと……お泊まりは、畳が新しい巴屋へー」

おちえはぎこちない口調で呼び込みの声を発した。

「そうそう、それでいいよ」

千吉が笑みを浮かべた。

内湯の強みで、まず大松屋に客がついた。

「なら、千ちゃん、お先に」

升造がほくほく顔で右手を挙げた。

「こっちも負けないから」

千吉が笑みを返した。

しばらくすると、巴屋の客が見つかった。

七人で江戸見物に来た客で、広いほうがいいからと巴屋を選んだ。

「お持ちいたしましょう」

いちばん重そうな荷を松三郎が手に取った。

ここから巴屋まで運ぶのは大変だから、あるじが来てくれて助かった。

「悪いな。娘さんは運ばなくていいからよ」

客の一人が先んじてそう言ってくれた。

「はい」

おちえがうなずく。

「旅籠まで案内しがてら、何か話ができればしたらいいよ。話し好きじゃないお客さんもいるから、そのときは黙って案内すればいい」

巴屋のあるじが手短に教えた。

「あとどれくらいですか、とか、今日はいいお天気ですね、とか、そういった話でつなぐだけでいいから」

千吉も言った。

「はい」

おちえは笑顔で答えた。

「なら、お先に」

松三郎が軽く頭を下げた。

「お気をつけて」

「またよしなに」

のどか屋の二人が見送った。

先を越されたかたちになったが、のどか屋の泊まり客もいくらか経って見つかった。

板橋宿（いたばしじゅく）からあきないに来た客だ。

「のどか屋の豆腐飯なら、うわさを聞いたことがあるんで」

客が言う。

「さようですか。それはぜひお召し上がりください」

千吉が満面の笑みで答えた。

かくして、どの宿にも客が見つかり、呼び込みは上々の首尾で終わった。

四

二幕目には元締めの信兵衛が顔を出した。

「巴屋の松三郎さんもしばらく来てくださるそうだし、追い追い慣れてくると思うので」

千吉が告げた。

「そんなに物おじもしないし、充分につとまるでしょう」

客の案内を終えたおけいが言った。

古参の手伝いの役目はここまでで、あとは浅草の長屋へ帰る。

「そうかい。そりゃひと安心だね」

信兵衛はそう言って、湯呑みの茶を啜(すす)った。

これから巴屋へ顔を出すようだ。

のどか屋へ客を案内し、お茶と菓子を出し終えると、おけいは御役御免となる。

「なら、今日はこのへんで」

帰り支度を整えたおけいが言った。

「ああ、ご苦労さま。みなさんによろしく」

おちよが笑顔で言った。

おちよとおけいは、岩本町ののどか屋が焼けた大火のおりにともに逃げた仲だ。そのときにつれて逃げていたせがれの善松（ぜんまつ）は、早いものでもう十七になった。

のどか屋を手伝っていたおそめと、多助（たすけ）という若者が縁あって結ばれ、美濃屋（みのや）ののれん分けというかたちで浅草に小間物屋を開いた。善松はそこで丁稚奉公（でっちぼうこう）をしていたが、このたび晴れて手代になったらしい。

多助とおそめのあいだには、跡取り息子の多吉（たきち）のほかに下の子も生まれた。みな達者に暮らしているようで何よりだ。

元締めとおけいが去ってほどなく、黒四組の二人がのれんをくぐってきた。

安東満三郎と万年平之助だ。

「おれはいつものでいいぜ」

一枚板の席に陣取るなり、あんみつ隠密が言った。

「あんみつ煮ですね。平ちゃんは？」

千吉は気安く訊いた。

「何ができる？　二代目」

万年同心が問い返した。

「寒鮃（かんびらめ）のそぎ造りはどう？　縁側（えんがわ）と肝（きも）つきで」

千吉はすぐさま答えた。

「いいな。頼むぜ」

「はいよ」

たちまち肴が決まった。

まずは酒とあんみつ煮が出た。

「このところ世の中のほうはいかがです？」

おちよがやんわりとたずねた。

「例の人返し令の余波（よは）があってよ」

黒四組のかしらが少し眉根を寄せた。

「と言いますと？」

おちよが問う。

「無宿人は浅草の寄場へつれて行かれちまう。それは御免だという連中に声をかけて、悪い仲間に引きずりこもうとしているやつらがいるようだ」

あんみつ隠密はそう答えると、油揚げの甘煮を胃の腑に落とした。

「まあ、それは」

座敷の上がり口に腰かけて、万吉とお手玉で遊んでいたおようがあいまいな顔つきになった。

お手玉が動くたびに、老猫のゆきの青い目も動く。

「旅籠に長逗留してるやつには目を光らせといてくれ。町方と火盗改方も網を張ってるところだがな」

安東満三郎が言った。

「承知しました」

「気をつけています」

のどか屋の大おかみと若おかみの声がそろった。

「お待たせ、平ちゃん」

千吉が肴を運んできた。

「おお、こりゃうまそうだ」

万年同心が目を細くした。

寒鰤のそぎ造りの評判は上々だった。

寒さが厳しくなると、身が締まって脂が乗る。

この寒鮃を五枚おろしにし、腹骨と血合いを取り除く。

尾の近くの身に皮一枚だけ残して切り込みを入れ、皮を外引きにする。このあたりは包丁の腕の見せどころだ。

縁側も皮を外引きにして一寸弱の長さに切る。

肝は塩を振り、四半刻足らず置いてから茹で、水に落としてから水気を切っておく。

これはほどよい大きさに切る。

身はそぎ切りで造りにし、縁側と肝を添える。

芽紫蘇をあしらい、おろし山葵を添え、土佐醬油ですすめれば、小粋な肴の出来上がりだ。

「こりこりしてて、うめえな」

万年同心は笑みを浮かべると、今度は肝に箸を伸ばした。

「いい塩梅の仕上がりだ。さすがだな、二代目」

黒四組の同心がほめる。

「ありがとう、平ちゃん」

千吉は満面の笑みで答えた。

五

翌朝――。

「評判どおりの味ですな」

板橋宿から来た泊まり客が、豆腐飯を食すなり言った。

「ありがたく存じます」

おちよが笑みを浮かべた。

「板橋宿にも評判が響いていましたから」

客はそう言うと、また匙を動かした。

「板橋の仲宿(なかじゅく)に、大きな朱塗りの傘が目印の茶見世があると思うのですが」

朝の膳はまだのどか屋の厨にいる時吉が訊いた。

「ええ。あそこの五平餅(ごへいもち)は好物なので、ときどき寄らせてもらっています」

板橋宿から来たあきんどが答えた。

「そこの若おかみは、うちで手伝いをしていたんです」

おちよがそう明かした。

「えっ、そうなんですか。そりゃあ縁ですね」

客が驚いたように言った。

「わたしの前に、手伝いをされていたおこうさんという方で」

のどか屋の若おかみが笑みを浮かべた。

「達者に暮らしておりますでしょうか」

おちよが問うた。

「ええ、跡取り息子に加えて下の子もできて、茶見世も大繁盛ですよ。そのうち、屋根付きの見世を構える案もあるそうで」

客の口から嬉しい知らせが伝えられた。

「それは何よりで」

おちよのほおにえくぼが浮かんだ。

のどか屋の手伝いをしていたおこうは、板橋宿の茶見世の跡取り息子の大助（だいすけ）に見初められて若おかみとなった。大おかみはおみよで、あるじは甚五郎（じんごろう）。みなが集まり、のどか屋で祝いの宴が行われたのがつい昨日のことのようだ。

「もし見世ができたら、ぜひとも行かないと」

千吉が笑顔で言った。

「きっと喜ぶと思います。伝えておきますよ」

客はそう請け合ってくれた。

「板橋宿の茶見世なら、おいらも行ったことがあるぜ。団子がうまかった」

朝の豆腐飯だけ食いに来たなじみの大工衆の一人が言った。

「はやっておりましたか」

おちよが問う。

「おう。ここといい勝負だぜ」

大工が笑って答えたから、のどか屋の大おかみも笑みを返した。

六

二十日が近づいた二幕目に、よ組のかしらの竹一と纏持ちの梅次がのれんをくぐってきた。

「日を間違えたわけじゃねえんだ」

竹一が笑みを浮かべた。

「宴の料理は気張ってつくりますんで」

千吉が厨から言った。

「楽しみにしてるぜ」

梅次が白い歯を見せた。

「今日はご兄弟は？」

おちよがたずねた。

竜太と卯之吉のことだ。

「一緒に暮らす長屋が首尾よく決まってよ。先に家移りを済ませておくことにしたんで忙しいんだ」

かしらが答えた。

「まあ、それは何より」

おちよが笑みを浮かべた。

「女房になるほうは袋物づくりの内職が決まったらしいぜ」

纏持ちが言った。

「習い事もやってましたものね、二人とも」

とことこ走りだした万吉を見ながら、おようが言った。

このあいだは、目を離したすきに表へ出てしまい、顔見知りの飛脚に抱っこされて戻ってきたから冷や汗をかいた。

「ちょいと小腹がすいたな。これから見廻りがあるんで、腰を落ち着けて呑むいとまはねえんだが」

竹一が言った。

「腹ごしらえはしときてえんで」

梅次も和す。

「蛤飯(はまぐりめし)とけんちん汁があります。中食で多めにつくったので」

千吉が笑顔で告げた。

「おお、そりゃいいな」

「ぜひくんな」

よ組の火消したちがすぐさま所望した。

「承知しました」

のどか屋の二代目がいい声を響かせた。

ほどなく、料理が運ばれてきた。かしらと纏持ちがさっそく箸を取る。

「浅蜊(あさり)飯もいいけど、蛤は食いでがあってことにうめえな」

食すなり、竹一が満足げに言った。

「焼き蛤と蛤吸いもできますが」

千吉がすかさず水を向けた。

「いや、今日は腹ごしらえだけだからよ」

かしらが笑って答えた。

「けんちん汁も、相変わらず具だくさんでうめえや」

梅次も顔をほころばせた。

「宴では余興をよしなに」

おちよが言った。

「おう、そのために出るようなもんだからよ」

よ組のかしらはそう言うと、蛤飯をわしっとほおばった。

七

その日の長吉屋――。

一枚板の席には、隠居の季川と善屋のあるじの善蔵が陣取っていた。

花板はもちろん時吉だ。もう一人、脇板として信吉が入っている。房州生まれの信吉は千吉の兄弟子だ。

奥には本厨があり、料理人たちが忙しく働いている。長吉屋には富士や大井川など、とりどりの名がついた大小の部屋があり、落ち着いて酒肴を楽しむことができる。

「日光まで行ったら、あとは帰るだけだね」

隠居が言った。

「師匠のことだから、すぐには戻らないかもしれませんが」

時吉が笑みを浮かべた。

関八州に散らばっている弟子のもとを訪ね回っている長吉から、珍しく文が届いた。それによると、日光の弟子は達者で、見世も繁盛していたようだ。

そっけない文面だが、安堵する長吉の顔が目に浮かぶかのようだった。しばらく逗留してから戻るようだから、ここに顔を見せるのはまだ当分先だ。

「何にせよ、いい知らせで」

善屋のあるじがそう言って猪口の酒を呑み干した。

跡取り息子の善太郎がのどか屋で修業した豆腐飯はなかなかの好評で、旅籠は繁盛しているようだ。料理は朝の豆腐飯だけだが、ちょうどいい旅籠の顔になってくれているらしい。

ここで料理ができた。

「お待ちで」

脇板の信吉がまず隠居に小ぶりの丼を出した。

「焼き牡蠣飯でございます」

時吉も善蔵に下から丼を出した。

料理の器は、「どうぞお召し上がりください」と下から出さねばならない。間違っても、「どうだ、うまいから食え」とばかりに上から出してはならない。それが長吉から時吉、さらに時吉から千吉へと受け継がれている大事な教えだ。

「これはいい香りだね」

隠居がのぞきこむ。

「早くもよだれが出てきました」

善屋のあるじが箸を取った。

牡蠣の身に大根おろしをからめて生臭さを取り、水洗いをしておく。

牡蠣は味が乗りにくいから、焼きだれに半刻（約一時間）ほどからめておくのが骨法だ。

酒一、味醂二、濃口醤油一。これに一味唐辛子を少々加えた風味豊かな焼きだれだ。

平たい鍋に油を敷いて牡蠣を焼き、焼きだれをなじませる。ほかほかのご飯に焼き牡蠣を載せたら、残った焼きだれをかけ、小口切りの葱と針柚子(はりゆず)を散らせば出来上がりだ。

「これはまさに口福の味だね」

隠居が相好を崩した。

「今日来てよかったですよ」

善蔵も笑みを浮かべたとき、また客が入ってきた。

薬研堀の銘茶問屋、井筒屋のあるじの善兵衛だった。

「ああ、こちらでよかった。あきないのついでがあったので」

善兵衛は時吉を見て言った。

その顔には、いくらか動揺の色が浮かんでいた。

「何かあったのでしょうか」

それと察して、時吉が問うた。

「うちの前に、こんなものが置かれていたんです」

一枚板の席の端に座ると、井筒屋のあるじはふところから二つのものを取り出した。

それは、刺繍(ししゅう)が施された御守(おまもり)のようなものだった。

赤い布でできた御守には、金糸と銀糸で縫い取りがなされていた。

八

幸

ともに、表の文字はそう読み取ることができた。

「裏を見てください」

井筒屋のあるじが御守の裏を返した。

金糸で「江」。

銀糸で「戸」。

そう縫い取られている。

「これは、ことによると……」

時吉は瞬きをした。

「この御守はおくるみに入っていたんです。赤子を入れるようなおくるみに」

善兵衛はそう明かした。

「かわら版に載ったから、産みの親がつくってくれたのかもしれないね」

季川が驚いたように言った。

「女房ともそういう話をしていました。ほかに考えられることはないので」

井筒屋のあるじが言った。

「御守だけで、文などは?」

善屋のあるじがたずねた。

「いえ。これだけです」

善兵衛は御守を手で示した。

「名乗りを挙げることはできなかったのだろうかねえ」

隠居が腕組みをした。

「そうかもしれません。おそらく産みの母親がかわら版を目にしてつくってくれたんだと思いますが、どこぞの御店(おたな)の後妻になっていたりしたら、おいそれと名乗りを挙げることはむずかしいでしょう」

言葉を選んで言うと、銘茶問屋のあるじは猪口に手を伸ばした。

時吉がついだ酒を、少し間を置いてから呑み干す。

「あの子たちにはもう伝えたのでしょうか」

時吉が問うた。

「いや、これからです。新居の様子を見がてら、届けてやろうかと」

江美と戸美の育ての親が答えた。

「気持ちは伝わるだろうよ」

隠居が目をしばたたかせた。

「そうあってほしいものです」

井筒屋のあるじがしみじみと言った。

「ひと針ひと針、思いをこめて縫ったんでしょうねえ」

江と戸。

そして、幸。

御守の字を、大火の際にわが子と生き別れる道を選ばざるをえなかった産みの母がどんな思いで縫ったかと思うと、胸がつぶれるかのようだった。

「千鈞(せんきん)の重みがあるね」

隠居がうなずく。

「とにかく、渡してきますよ」

井筒屋のあるじは二つの御守をふところに入れて立ち上がった。

「何か食べていかないのかい。焼き牡蠣飯がおいしかったんだが」

隠居が水を向けた。

「いや」

善兵衛は胸に手をやってから続けた。

「なんだか胸が一杯で、物を食べる気がしないんですよ」

双子の姉妹の養父はそう言って笑みを浮かべた。

第五章　祝いの宴

一

二十日になった。
のどか屋の前には、早々とこんな貼り紙が出た。

本日、二幕目から貸し切りです
中食のみ、やつてをります
海老天入り味噌煮込みうどん
茶飯と小鉢付き

三十食かぎり三十文

宴があるから、今日はもちろん親子がかりだ。

時吉が打ったうどんに、千吉が揚げた海老天。こくのある味噌のつゆに、蒲鉾や葱などたくさんの具。冬場にはもってこいの料理だ。

「お待たせいたしました」

手伝いのおちえが膳を運んでいった。

「おっ、もう慣れたかい」

なじみの左官衆の一人が声をかけた。

「まだまだですけど、毎日学びながらやっています」

おちえは笑顔で答えた。

「気張ってやってくれてますよ」

べつの客に膳を運んだおちよが言った。

「ところで、二幕目は何で貸し切りなんだい?」

左官衆から声が飛んだ。

「先日まで手伝ってもらっていた江美ちゃんと戸美ちゃんの祝言の宴なんですよ」

おちよが嬉しそうに答えた。

「へえ、あの双子のべっぴんさんが」

「おめえ知らねえのかい。よ組の火消しの兄弟が見初めて、二組の若夫婦になるんだぜ」

「かわら版にも載ってたぞ」

「そうかい。そりゃめでてえこった」

そんな調子で話が弾んだ。

味噌煮込みうどんの膳も、いたって好評だった。

「海老天がぷりぷりしてやがら」

「揚げ加減もちょうどいいぜ、二代目」

客から声が飛ぶ。

「ありがたく存じます」

千吉のいい声が響いた。

「うどんもこしがあってうめえ」

「こっちはおとっつぁんが打ったのかい？」

客の一人が訊いた。

「はい。宴では紅白蕎麦なので、中食はうどんで」

時吉がすぐさま答えた。

「そりゃ大忙しだ」

「宴も気張ってくんな」

気のいい左官衆が言った。

そんな調子で、のどか屋の中食の膳は今日も滞(とどこお)りなく売り切れた。

二

二幕目になった。

おけいとおちえは両国橋の西詰へ呼び込みに出た。

ほかの面々は、宴の準備に余念がなかった。

座敷も一枚板の席もきれいに拭き、婚礼の宴にふさわしい花を活ける。

そうこうしているうちに、早くも客がやってきた。

「一番乗りだね」

元締めの信兵衛が笑みを浮かべた。

「元締めさんはこちらのほうへ」

おちよが一枚板の席を手で示した。

「はは、座敷に上がるわけにはいかないから」

信兵衛は笑って答えた。

少し遅れて、駕籠で隠居が来た。

「わたしの出番は最後のほうなんだがね」

季川は苦笑いを浮かべた。

「それまで一枚板の席で呑んでいましょう」

元締めが言う。

「つぶれないようにしないと」

隠居が言った。

「あっ、火消しさんたちが見えたわ」

おちよの顔がぱっと輝いた。

話し声が近づいたかと思うと、のれんがふっと開き、よ組の火消し衆が入ってきた。

「おう、世話になるぜ」

かしらの竹一が右手を挙げた。

「晴れ舞台だからな」

纏持ちの梅次が白い歯を見せた。

ほかにもいくたりか若い衆が顔を見せていた。みなそろいの火消しの半纏だ。

「竜太さんと卯之吉さんは？」

おちよが問うた。

「あいつらは新婦の駕籠にくっついてくるはずだぜ」

かしらが答えた。

「紋付袴だから、ちょいと走りにくいかもしれねえがよ」

纏持ちが笑う。

よ組の若い衆は一枚板の席に座り、かしらと纏持ちだけが座敷に上がった。

ここで初めの料理が運ばれてきた。

「おっ、焼き鯛だな」

竹一が少し目を細くした。

「はい。どんどん運びますんで」

千吉がそう言って、白木の三方に載せた焼き鯛をまず座敷の上座に据えた。

紅白の水引をあしらった、婚礼の宴の顔だ。

「お酒はお先にどうぞ」

時吉が酒器を置いた。

ここぞというときに用いる朱塗りの酒器だ。

「そりゃいいや」

「ちょいと呑もうぜ」

若い火消したちがさっそく手を伸ばした。

「もうちょっとそろってからにしな」

竹一が若い衆ににらみを利かせた。

「へい」

「そうしまさ」

かしらには逆らえない。若い衆はあわてて手を引っ込めた。

ほどなく、双子の姉妹の朋輩（ほうばい）ものどか屋に姿を見せた。宴の場はだんだんにぎやかになってきた。

そうこうしているうちに、また駕籠が着いた。

新郎新婦ではなかった。

宴の場に顔を見せたのは、井筒屋のあるじの善兵衛とおかみのおつうだった。

三

「本日は世話になります」

銘茶問屋のあるじがていねいに頭を下げた。

「どうぞよしなに」

おかみも和した。

「そろそろ主役が見えると思いますので、そちらにどうぞ」

おちよが座敷を手で示した。

新郎たちの親代わりの火消しは、すでに座っている。新婦たちの親代わりが到着して役者がそろってきた。

「お先に上がらせてもらいました」

よ組のかしらが頭を下げた。

「本日は余興もよしなに」

井筒屋のあるじが笑みを浮かべた。

「お任せくださいまし」

竹一が笑みを返した。

「気張ってやりますので」

纏持ちが白い歯を見せた。

「こら、おめえらのじゃねえぞ」

焼き鯛に近づいてきた猫たちに向かって、若い火消しが言った。

「まあ、かわいい」

「尻尾がぴーん」

双子の姉妹の朋輩たちが笑う。

そんな調子でにぎやかな宴の場に、いよいよ主役が姿を現わした。

「見えたわね」

おちよが表に出た。

二挺（ちょう）の駕籠がのどか屋の前で止まった。

「いやあ、汗かいた」

「この恰好で走るのはゆっくりでも難儀だぜ」

竜太と卯之吉が言った。

どちらも紋付袴姿だ。

「お疲れさまです」

おちよが労をねぎらった。

「みなさんお待ちで」

若おかみのおようも和す。

続いて、新婦たちが駕籠から降り立った。

「わあ」

出迎えた千吉が思わず声をあげた。

江美も戸美も白無垢姿で、美しい綿帽子をかぶっていた。

四

船盛りが厨から運び入れられた。

あしらわれた帆には「寿」と記されている。

「おお、こりゃうまそうだ」

「刺身だけじゃねえぞ。栄螺も伊勢海老もあらあ」

よ組の若い火消したちが身を乗り出した。

「固めの盃が終わってからだぜ」

　かしらの竹一がにらむ。

「おめえらは主役でも何でもねえんだからな」

　纏持ちの梅次も言う。

「へえ」

「すんません」

　火消したちが首をすくめた。

「では、固めの盃とまいりましょう。ここは一つ、年の功で」

　時吉が季川のほうを手で示した。

「はは、ならば僭越ながら」

　隠居はゆっくりと座敷に向かった。

「年の功なら、おまえもそうだね」

　座敷の隅の座布団に陣取っている老猫のゆきに声をかける。

「みゃ」

　ゆきが短くないたから、のどか屋に和気が漂った。

　ややあって、固めの盃が型どおりに終わった。

「これで晴れて夫婦（めおと）だね」

隠居が言った。

「いま、二組の若夫婦が生まれました。どうかお幸せに」

おちよがいい声を発した。

「よっ」

「めでてえこって」

宴の場がにわかにわいた。

五

「あれを出すんじゃなかったのかい」

竜太が江美に問うた。

「ああ、そうね……だったら」

若女房になったばかりの双子の姉が、ふところからあるものを取り出した。

妹の戸美も続く。

それは「幸」と縫い取られた御守だった。

「代わりに、ここに置いてもいいでしょうか」

江美が養父の善兵衛に問うた。

「当人の代わりだね。いいよ」

井筒屋のあるじがうなずいた。

「ご本人はわけあって出られないんだから、代わりにね」

養母のおつうも言った。

「はい、そうします」

戸美が「戸」と名が記された御守を置く。

江美も「江」のほうを向けて置いた。

「『江戸』がそろったな」

卯之吉が笑みを浮かべた。

「これからは、おめえらがしっかり養え」

かしらの竹一がそう言って、酒をついだ。

「へえ、気張ってやりまさ」

まず竜太が受ける。

「そのうち、子もできるだろうからよ」

今度は纏持ちの梅次が卯之吉についだ。

「そりゃまだ先で」

弟がややあいまいな表情で受けた。

「なに、あっという間だぜ」

「たくさんつくりな」

仲間が一枚板の席から言った。

双子の姉妹の朋輩たちも座敷に上がってお酌をした。みな笑顔だ。

「これからもよろしくね」

江美が言った。

「袋物づくりの内職は一緒だから」

「気張って稼ぎましょう」

朋輩たちが言う。

「おう、頼むぜ」

竜太が江美に言った。

「はいよ」

若女房の顔で、江美が答えた。

六

宴の料理がさらに運ばれてきた。

「天麩羅の盛り合わせでございます」

千吉が盆を運んできた。

「縁起物の鱚と海老でございます」

おようが笑顔で大きな笊を置く。

「そろそろお産だな。丈夫な子を産んでくんな」

纏持ちが声をかけた。

「はい、ありがたく存じます」

のどか屋の若おかみのいい声が響いた。

「おっ、負けじと来たね」

元締めの信兵衛が言った。

「小判に見立てた、だし巻き玉子でございます」

時吉が皿を運んできた。

山吹色(やまぶきいろ)のだし巻き玉子に、たっぷりの大根おろしが添えられている。

「こりゃ、見るだけでめでたくなるな」

「なら、おめえは見るだけにしな」

「そんな殺生な」

よ組の火消し衆が掛け合う。

「御酒のお代わりでございます」

おちよが銚釐(ちろり)を運んできた。

「あとで紅白蕎麦もお出ししますので」

千吉が笑顔で言った。

万吉は双子の姉妹の朋輩たちに遊んでもらっている。お手玉が動くたびに、ふくとろくの兄弟猫も前足を動かす。そのたびにのどか屋に笑いがわいた。

「なら、酔っぱらわねえうちに余興をやるかな」

かしらの竹一が言った。

「酔って文句を忘れちまったらみっともねえんで」

梅次が座り直す。

「甚句(じんく)ですな。楽しみにしてきました」

井筒屋のあるじが笑みを浮かべた。

「もはや江戸名物だからね」

季川が言う。

「そりゃ言い過ぎでさ、ご隠居」

纏持ちがすぐさま笑って言った。

「なら、やるぞ」

よ組のかしらが帯をぽんとたたいた。

「へい」

「合点(がってん)で」

一枚板の席に陣取っていた若い火消し衆が立ち上がった。

七

「おめえらは祝われるほうだからよ」

つられて立ち上がろうとした竜太に向かって、竹一が言った。

「あっ、そうか」

竜太は座り直した。

「合いの手だけ入れてくんな」

梅次が和した。

「へい」

「承知で」

二人の新郎が白い歯を見せた。

甚句が始まった。

江戸に聞こえた　銘茶問屋（やー、ほい）

その名もゆかし　井筒屋で（ほい、ほい）

みなが合いの手を入れる。

「ほい」で手を打つ。

初めはふぞろいでも、だんだんにそろってくる。

育てられし　双子の姉妹（やー、ほい）

その名もめでたき　江美と戸美（ほい、ほい）

姉妹の朋輩に抱っこされた万吉も、見よう見まねで手を打つ。

そのさまが愛らしくて、さらに和気が漂った。

横山町の　のどか屋で（やー、ほい）
いずれ劣らぬ　看板娘（ほい、ほい）

やがて見初めし　火消しの兄弟（やー、ほい）
めでためでたの　縁結び（ほい、ほい）

甚句は進む。

「いい縁結びになったね」

隠居が井筒屋のあるじに言った。

「ありがたいことで」

善兵衛が両手を合わせた。

かたわらで、おかみのおつうがうなずく。

晴れて生まれし　若夫婦（やー、ほい）
二組そろう　めでたさよ（ほい、ほい）

これから先も　みなさまの（やー、ほい）
お力添えを（ほいっ）

声がひときわ高くなった。

かしらと纏持ちが力強く手を打つ。

願います（ほいっ、ほいっ）

自慢ののどを響かせていた竹一と梅次が深々と一礼した。

竜太と卯之吉も続く。

「めでてえな」

「江戸一の果報者（かほうもの）だぜ」

「兄弟だから、一と二だ」

よ組の仲間が祝福する。

二人の新郎は満面の笑顔になった。

八

ほどなく紅白蕎麦が出た。

白は御膳粉（ごぜんこ）、紅は刻んだ紅生姜（べにしょうが）を練りこんである。ともに風味豊かな自慢の蕎麦だ。

「よし、余興は終わったから、おめえら、ひと言あいさつしな」

かしらの竹一がうながした。

「えっ、しゃべるんですかい？」

竜太がややうろたえた顔つきになった。

「みな来てくれてるんだ。礼を言わねえとな」

纏持ちの梅次が言う。

「長々としゃべらなくてもいいから」

隠居が温顔で言った。

「へい、なら……」

竜太がまずおもむろに立ち上がった。

弟の卯之吉も続く。

「えー、このたび、ありがてえことに、いい女房をもらうことになりまして、へへ」

竜太は江美のほうを見て笑った。

「なに、にやけてるんだよ」

「しっかり養え」

声が飛ぶ。

「へい、しっかり養いますんで」

竜太は答えた。

「おいらも、気張りまさ」

弟の卯之吉も引き締まった顔つきで言う。

「どうかみなさま、今後とも……」

江美が妹の戸美を見た。

「よしなにお願いいたします」

双子の姉妹の声がそろった。

「よっ、若女房」

「これで安心だな」

「仲良く暮らしな」

またひとしきり祝福の声が響いた。

祝いの宴もたけなわとなった。

「では、師匠、このへんで」

おちよが季川の顔を見た。

「出番だね」

元俳諧師が矢立（やたて）を取り出した。

支度が整ったところで、季川はやおらうなるような達筆で祝いの発句をしたためた。

　笑みと富ここにきはまる宴かな

二人の新婦の名に懸けた、おめでたい句だ。

「では、おちよさん、付けておくれ」

季川が弟子にうながした。

「それなら、わたしは新郎のほうを」

おちよはそう答えると、さらさらと付け句を記した。

纏に光る「寿」の文字

「目に浮かぶかのようだね」

季川の温顔がひときわほころんだ。

「では、まだお酒もお料理も残っておりますので」

おようが言った。

「御酒のお代わりはどんどん運びますので」

千吉も出てきて言う。

「次の祝いはお産だな」

「まだまだめでてえことが続くぞ」

声が飛ぶ。

千吉とおようは目を合わせて笑みを浮かべた。

第六章　めで鯛膳(たいぜん)

一

「升ちゃん、升ちゃん」

千吉のあわただしい声が響いた。

二月に入って間もない昼下がりだ。

その声を聞いて、大松屋の跡取り息子が出てきた。

「どうしたの、千ちゃん」

升造が問うた。

「生まれたよ、ややこが」

千吉が心底嬉しそうに告げた。

「あっ、生まれたんだ」

竹馬の友の顔がぱっと輝いた。

「ずっとやきもきしてたけど、無事に生まれたよ」

と、千吉。

「急に休みになったみたいだから、ひょっとしたらと思ってたんだけど」

升造が言う。

「中食の支度を始めたところで産気づいたので、お休みにしたんだ」

千吉が告げた。

ここで大松屋のあるじの升太郎と若おかみのおうのが出てきた。

「あっ、無事生まれました」

千吉の声が弾んだ。

「それは何より」

升太郎の顔がほころぶ。

「おようさんは大丈夫ですか？」

おうのが気づかった。

「ええ。産婆さんによると、このたびも安産だったようで、養生していれば大丈夫だと」

　千吉が嬉しそうに答えた。

「そばにいてやらなきゃ駄目だよ」

　升造が言った。

「うん、すぐ戻るよ。だれかに伝えたくて、いても立ってもいられなくて」

　千吉は腕を振るしぐさをした。

「はは、見世は休みにしてしまったからね」

　大松屋のあるじが笑った。

「で、ややこはどちらです？」

　おうのがたずねた。

「男の子か、女の子か、どっち？」

　升造も問うた。

　千吉は少し間を持たせてから答えた。

「女の子だよ」

二

「わあ、おいしそう」

大きな仕事を終えたおようが、背を壁にもたせかけたまま答えた。

壁際には布団も据えられている。こうすれば姿勢が楽だ。

当時は天井から吊るされた縄につかまり、息んで子を産むのが常だった。無事生まれたあとも、横にはならず壁などに身をもたせかける。背が硬いと疲れてしまうから、やわらかいものを据えるのが知恵だ。

「大松屋のみんなも、とっても喜んでたよ」

戻ってきた千吉が言った。

「子を育てるのはこれからだから」

赤子に乳をやりながら、おようが笑みを浮かべた。

「なら、ちょっとずつ食べて」

「はい、玉子粥ね」

おちよが碗を運んでいった。

千吉が匙を手に取った。

およようが口を開ける。

その口中へ、千吉は思いをこめてつくった玉子粥を投じ入れた。

およようがゆっくりと味わいながら食す。

「……おいしい」

お産を終えたばかりのおようはしみじみと言った。

「これから大変だけど、ちょっとずつね」

千吉が次の匙を運んだ。

「そうね。ちょっとずつ」

おのれに言い聞かせるように、おようは答えた。


よし、押せ。


外から時吉の声が響いてきた。

どうやら万吉と相撲を取っているらしい。

小さなわらべではむろん勝負にならないが、万吉は喜んで相撲のまねごとをしているようだ。

「しばらくはのどか屋に長逗留だから」

おちよが戯れ言めかして言った。

「泊まり部屋が一つつぶれてしまって相済まないことで」

おようが言った。

「そりゃあ仕方ないよ。いまの長屋から通うわけにもいかないから」

千吉がすぐさま答えた。

いずれ動けるようになったら、長屋から二人の子とともに通うこともできるだろう。下の子には乳母(うば)を見つけて半日託すという手もある。

さりながら、当分はのどか屋の泊まり部屋に長逗留をして養生につとめなければならない。

「お見世のほうは、おけいさんとおちえちゃんがいるし、千吉が大車輪で働くから」

おちよが笑みを浮かべた。

「気張ってやるんで」

のどか屋の二代目が力こぶをつくってみせた。

三

「ひとまずこれなら大丈夫ですね」

　往診に来た医者の御幸順庵が笑みを浮かべた。

　ここいらに住む者はみな世話になっている、頼りになる医者だ。

「ありがたく存じます。これでひと安心です」

　千吉が頭を下げた。

　産婆に続いて、医者にも脈などを見てもらった。これで安心だ。

「煎じ薬を欠かさず、身の養いになるものを召し上がっていれば、おのずと旧に復されるでしょう。大きなつとめのあとですから、焦らずじっくりと」

　順庵は温顔で言った。

「はい、ありがたく存じました」

　おようもていねいに一礼した。

　医者が去ってほどなく、元締めの信兵衛が姿を現わした。

　身内のようなものだから、赤子の顔を見てもらうことにした。

「ああ、これはお母さんにそっくりだね」

赤子を見るなり、元締めが言った。

「わたしには似てませんか」

千吉が笑みを浮かべて問うた。

「いや、似てないことはないんだが、目元などはお母さん似だね」

信兵衛が答えた。

「なら、ゆくゆくは看板娘ね」

おちよのほおにえくぼが浮かんだ。

「それは気が早いです」

赤子を抱っこしたおようが笑った。

「で、名は決まったのかい？」

元締めが二代目に問うた。

「いえ、これからで」

千吉は答えた。

「男の子なら、千吉の次は万吉というわけで、わりとすんなりと決まったんですけど」

と、おちよ。

「千吉の千から『おせん』じゃ変ですものね」

千吉が首をかしげた。

「若おかみからも一字取ったほうがいいよ」

元締めが言った。

「じゃあ、千吉の『せ』とおようの『よ』で『おせよ』……は変か」

千吉は腕組みをした。

「『おせう』はなお語呂（ごろ）が悪いわね」

おちよがあごに指をやった。

「まあ、じっくり思案するといいよ」

信兵衛が言った。

「そうですね。名を思案するのも楽しみのうちですから」

子を産んだばかりの母親が笑みを浮かべた。

四

その晩――。

のどか屋の一室で、赤子の泣き声が響いていた。

時吉とおちよの泊まり部屋の寝室の隣だ。

「お客さまの泊まり部屋にも聞こえるかしら」

おちよが案じた。

うとうとしかけていたのだが、すっかり目が覚めてしまった。

「この部屋があいだにはさまっているから大丈夫だろう」

時吉が答えた。

「まあ、でも、安産で何よりだったわ」

と、おちよ。

「千吉のときは早産で大変だったからな」

昔を思い出して、時吉が言った。

「ほんと。その千吉が、いまや二人の子持ちだから」

　おちよがしみじみと言った。

「歳を取るわけだ」

　時吉が苦笑いを浮かべる。

「まだまだ気張ってもらわないと」

　おちよが言った。

「そうだな。明日はまだ親子がかりにするが、あさっては長吉屋へ戻らないと」

　布団の上であお向けになったまま、時吉が言った。

「明日は中食をやるのかしら」

「千吉はやる気だったぞ」

「じゃあ、やるしかないわね」

　おちよがあきらめたように言った。

「あまり盛りだくさんにしないように、手綱(たづな)を締めないと」

　と、時吉。

「舞い上がってるからね、あの子」

　おちよが笑みを浮かべた。

「めでたいものは鯛くらいでいいだろう」

時吉が言った。

「なら、明日の中食はめで鯛膳で」

おちよが知恵を出した。

「ああ、そうしよう」

時吉がそう答えたとき、また隣から泣き声が響いてきた。

五

翌日――。

のどか屋の前にこんな貼り紙が出た。

おかげさまで、下の子がうまれました。
女の子です。
今度ともよしなに。
　　　　のどか屋二代目　千吉

けふの中食
　めで鯛膳
鯛飯、鯛の刺身、鯛の潮汁
めで鯛づくし
三十食かぎり三十文

「おっ、生まれたのかい」

「そりゃめでてえや」

なじみの左官衆が真っ先に見つけた。

「おう、下の子が生まれたそうだぜ」

「今度は女の子だ」

通りかかった職人衆にも声をかける。

「そうかい。めでてえこって」

「めで鯛づくしか。食っていかねえと」

そんな調子で、たちまち列ができた。

「お待たせいたしました。中食を始めさせていただきます」

おちよがのれんを出した。

「おっ、大おかみ、また孫ができてめでてえな」

さっそく客から声がかかった。

「ありがたく存じます。どうぞ空いているお席へ」

おちよは身ぶりをまじえた。

「いらっしゃいまし」

千吉が張り切った声を出した。

「よっ、二代目、めでてえな」

「名は決まったのかい」

客が問う。

「いえ、これからで」

千吉が答えた。

「鯛づくしなんだから、おたいにしな」

「めで鯛膳にちなんで、おめで、とかよ」

左官衆が勝手なことを言う。

「ほんとに鯛づくしだな」

真っ先に運ばれてきた膳を見た客が言った。

「初めは海老天と鱚天もと言っていたんですが、欲張ったら手が間に合わないので」

厨で手を動かしながら、時吉が答える。

「これで充分だぜ」

客は笑みを浮かべた。

ほどなく、ほうぼうで箸が動きだした。

「こりゃうめえや」

「鯛飯の塩加減がちょうどいいぜ」

「鯛の刺身も身がぷりぷりしてやがる」

「潮汁も深え味だ」

評判は上々だった。

「若おかみはどうだい」

客の一人がおちよにたずねた。

「ええ、このたびもお産が軽く済んで、達者にしております」

おちよは笑顔で答えた。

「そりゃ何よりだ」

「養生しなって言っといてくれ」

「子が二人になって大変だがよ」

気のいい客が口々に言った。

「はい、伝えておきます」

おちよは小気味よく頭を下げた。

六

中食は好評のうちに売り切れた。

のどか屋にまた子が生まれたという噂はたちどころに広まったようだ。

二幕目に入ると、常連が祝いにやってきた。

まずは岩本町の御神酒徳利だ。

「めでてえかぎりだな、二代目」

湯屋のあるじが破顔一笑した。

「これでのどか屋も安心で」

野菜の棒手振りも和す。

「だいぶ前から安心だぜ」

「そりゃすまねえこって」

寅次と富八が掛け合う。

「そのうちお見世に出られるようになったら、遊んでやってくださいまし」

おちよが笑顔で言った。

「もちろんで」

寅次がすぐさま答えた。

「高い高いをしてやらあ」

富八が身ぶりをまじえた。

二人が去ってほどなく、また常連が姿を現わした。

黒四組の万年平之助同心だ。

「あっ、平ちゃん」

千吉の声が弾んだ。

「地獄耳に入ってよ」

万年同心はいなせなしぐさで耳に手をやった。

「今度は女の子だよ」

千吉は心底嬉しそうに言った。

「それも聞いてるよ。先が楽しみで。……お、今日はちょいと取りこんでるんで、茶を一杯だけで」

万年同心はおちよに向かって言った。

「さようですか。承知で」

おちよがうなずく。

「捕り物か何か?」

千吉が問うた。

「そのうち、打ち上げで来るからよ」

黒四組の同心は笑みを浮かべた。

肝心なところはぼかして教えてくれなかった。

「なら、料理はそのときに」

千吉が心得た顔で言う。

「おう、とびきりうめえもんを食わせてくんな」

軽く右手を挙げ、万年同心は渋く笑った。

七

その日は隠居が療治を受けて泊まる日になっていた。

按摩の良庵とおかねも、子の誕生を大いに祝ってくれた。

その療治が終わってまもなく、また常連がのれんをくぐってきた。

「あっ、先生」

千吉の顔がぱっと輝いた。

のどか屋に姿を現わしたのは、千吉の恩師の春田東明だった。

寺子屋を営んでおり、この界隈のわらべはおしなべてその薫陶を受けている。学者としても並々ならぬ力を有する人物だ。

「うわさを聞きました。よかったですね、千吉さん」

恩師が笑顔で言った。

教え子に対しても、東明はていねいな言葉遣いをする。

「ありがたく存じます。おかげさまで」

千吉は満面の笑みで答えた。

季川と東明が一枚板の席に並んだ。時吉がお通しを運びがてらあいさつに出る。

「これでのどか屋がさらににぎやかになりますね」

つややかな総髪の学者が言った。

「ええ、ありがたいことです。……鯛の皮の酢の物で」

時吉は小鉢を置いた。

めで鯛づくしは二幕目も続いていた。鯛には捨てるところがない。皮も小粋な酒の肴になる。

霜降り(しもふ)りにしてから冷たい井戸水に取り、水気を切って短冊(たんざく)切りにする。これをあく抜きをした独活(うど)と花山葵とともに三杯酢で和えれば、渋いながらも華のある肴の出来上がりだ。

「おっ、いい泣き声だね」

隠居の白い眉がやんわりと下がった。

二階の泊まり部屋で泣いているのは、昨日生まれたばかりの赤子だ。

「元気の証です」

春田東明も笑みを浮かべた。

「しばらくは夜泣きをされるでしょうが、それもまた楽し、です」

時吉が言った。

「そうね。『それもまた楽し』が続いていくのが人生だから」

おちよも言う。

「何にせよ、山あり谷ありの道を楽しんでいきましょう、千吉さん」

恩師が言った。

「はいっ」

千吉は元気よく答えた。

八

鯛のあら煮に、生姜をたっぷり使った肝の時雨煮(しぐれに)。

そして、締めに鯛茶漬け。

めで鯛づくしは最後まで続いた。

「では、わたくしはそろそろ。またいずれゆっくり赤子を見させていただきますよ」

総髪の学者が腰を上げた。

赤子の顔をとおちよが水を向けたが、産後は休むのがいちばんだからと固辞(こじ)した。

そのあたりの心遣いも東明らしい。

「わたしは酔い覚ましに散歩してから泊まり部屋に落ち着くよ」

季川も続いた。

「また、明日の豆腐飯で」

千吉が明るく言った。

鯛茶漬けのために仕込んだ切り身が少しだけ余った。

「おようちゃんに持っていったら？」

おちよがすすめた。

「身の養いにもなるだろう」

時吉も和す。

「うん、そうします」

千吉は乗り気で答えた。

めで鯛づくしの締めくくりは、千吉がおようのためにつくった鯛茶漬けだった。

胡麻醬油に鯛の切り身を浸けた風味豊かな茶漬けだ。だしを用いることもあるが、このたびは煎茶にした。海苔や三つ葉などをあしらえば、締めにふさわしいひと品になる。

「……おいしい」

少し啜ったおようが笑みを浮かべた。

「切り身も食べて」

千吉がうながす。

「うん」

おようは、こくりとうなずいた。

泣き疲れたのか、まだ名の決まっていない赤子はおくるみの中で眠っている。昨日までこの世にいなかった赤子がここにいるかと思うと、おのずと不思議の感に打たれた。

「ああ、鯛もおいしい」

おようが心の底から言った。

「そろそろ桜鯛の季節だから」

千吉が笑みを浮かべる。

「そうね。桜が咲いて桃の花が咲いて」

おようは唄うように答えた。

「女の子だから、桃の節句にはちょうどいいね」

千吉が言う。

それを聞いて、おようは何かに思い当たったような顔つきになった。

さらに鯛茶漬けを食す。

その思いつきは、やがて動かしがたく定まった。

「一つ思いついた。この子の名前」

おようは赤子のほうを見た。

「どんな名前？」

千吉は身を乗り出した。

おようは少し間を置いてから答えた。

「おひな」

第七章　おひなうどん

一

「そう。いい名前ね」

　おちよが笑みを浮かべた。

　翌朝の膳の仕込みの最中だ。

　支度を整えて出てきたおちよに向かって、千吉が赤子の名を伝えたところだ。

「なかなかいい響きだろう」

　先に聞いていた時吉が言った。

「ええ、おひなちゃんって言いやすいし」

　おちよがすぐさま答えた。

「雛人形みたいに、みんなにかわいがってもらえれば」

と、千吉。

「ゆくゆくは看板娘ね」

おちよのほおにえくぼが浮かんだ。

「そうなってくれればいいね」

千吉が嬉しそうに答えた。

ややあって、豆腐飯の朝膳が始まった。

「あっ、ご隠居さん、ややこの名が決まりましたよ」

顔を見せた季川に、千吉が待ちきれないとばかりに告げた。

「おようちゃんが思いついたそうなんですけど」

おちよが言葉を添える。

「ほう、そうかい。どんな名だい?」

季川がたずねた。

「おひな、という名で。……はい、お待ちで」

満面の笑みで、千吉は膳を差し出した。

「桃の節句が近いからね。女の子の名前らしくていいんじゃないかな」

隠居は温顔で答えた。

「そりゃ、看板娘間違いなしだ」

先客が言った。

近くの普請場に通う大工衆の一人だ。

「うちも、もうちょっとかわいい名にすればよかったぜ」

「寅年のおとらだからな」

「丑年のおうしよりはましだぜ。弟のとこの子だがよ」

大工衆が掛け合う。

「けさの豆腐飯は、ことのほか味わい深いね」

隠居が言った。

「そうですな、ご隠居」

「めでたさのおすそ分けをもらわねえと」

大工衆も匙を動かした。

「中食は子の名にちなんだものになるのかい？」

季川がたずねた。

「いや、そこまでは。今日はうどんを打とうかと思ってたんですが」

千吉が身ぶりをまじえた。

「だったら、おひなちゃんの語呂合わせで……」

おちよがあごに手をやった。

「何か思いついたか」

時吉が問うた。

「ええ。菜っ葉を比べるとお『比菜（ひな）』になるかしらと思って。こじつけだけど」

おちよは少しあいまいな顔つきで答えた。

「俳諧をたしなむ人らしい思いつきだね」

豆腐飯を食す手を止めて、季川が言った。

「なるほど、そうかもしれません」

おちよが笑みを浮かべた。

「なら、菜っ葉比べにするの？　おひなうどん？」

厨で手を動かしながら、千吉が問うた。

「小松菜と大根菜を茹でて入れたらいいだろう」

隣から時吉が言った。

「菜っ葉だけじゃ寂しいぜ」

「蒲鉾とか、彩りのいいものを入れてよ」

「それなら海老天とかだぜ」

大工衆が口々に言った。

「なら、具だくさんのおひなうどんで」

千吉が笑顔で言った。

「うどんだけじゃ、膳が映えないかもしれないね」

と、隠居。

「だったら、茶飯をつけましょう。小鉢も『お比菜』で、大根菜の胡麻和えと小松菜のお浸しに」

千吉が次々に案を出す。

「あんまり欲張るな。今日は親子がかりじゃないんだから」

時吉が手綱を締めた。

「天麩羅もあるのに大丈夫？」

おちよも気遣う。

「海老天だけだから、まあなんとか」

千吉は答えた。

「昼も食べに来たくなるような膳立てだね」

隠居はそう言うと、今度は若竹(わかたけ)と若布(わかめ)の味噌汁を啜った。

春の恵みの「若々汁」だ。

「だったら、召し上がっていってください、師匠」

おちよが水を向けた。

「はは、ずっと居続けるわけにもいかないよ」

季川は笑って答えた。

二

けふの中食
　おひなうどん
　茶めし　小鉢つき
三十食かぎり三十文

おかげさまで、ややこの名は「おひな」にきまりました

おひなうどんの中身はおたのしみ
えび天入り

そんな貼り紙が出た。

「気を持たせるじゃねえか」

「雛人形が入ってるわけじゃねえんだろう？」

「そりゃ食えねえぜ」

なじみの職人衆が貼り紙を見て言う。

「どうぞお入りくださいまし。始めますので」

おちよが出てきて愛想よく言った。

「おう、名も決まっててめでてえな」

「いい名じゃねえか」

「そりゃ食わねえと」

職人衆は次々にのれんをくぐった。

「いらっしゃいまし」

ねじり鉢巻きの千吉が張り切った声で迎えた。

「お好きなところへどうぞ」

「いま運びますので」

おけいとおちえの声も響く。

職人衆ばかりではない。近くに住む剣術指南の武家や隠居、あきないの途中に立ち寄った者など、さまざまな客が続けざまにのどか屋へやってきた。

うどんは多めに打ってあるが、茹でて冷たい井戸水で締め、改めてつゆを張らねばならないから手間がかかる。おまけに具だくさんで茶飯と小鉢付きだ。そのうち手が遅れ気味になってきた。

「相済みません、いまできますので」

千吉がやや焦った声で告げた。

「ゆっくりやんな」

「祝いで来てるんだから、怒ったりしねえからよ」

客はそう言ってくれた。

できあがった膳は好評だった。

「小松菜と大根菜、二つの菜っ葉を食べ比べていただくところから、おひなうどんと名づけました」

おちよが種明かしをした。

「比べる菜っ葉で、お比菜で」

膳を運びながら、おけいが和す。

「なるほど。そういう語呂合わせかい」

「なら、舌だめしだな」

客の箸がそこここで動いた。

あくを抜いているとはいえ、大根菜にも小松菜にも苦（にが）みはある。ただし、大根菜のほうがいささか苦い。ゆえに、お浸しより胡麻和えのほうが向く。そのあたりを思案に入れて小鉢を添えていた。

「うどんの具にすると、どちらもうめえな」

職人衆の一人が言った。

「おいらはやっぱり海老天だがよ。身がぷりぷりしてやがら」

「蒲鉾もうめえぞ」

「うどんをほめてやらなきゃ。こしがあるし、つゆもうめえ」

仲間が口々に言った。

「茶飯もうめえ」

「やっぱり中食はのどか屋だな」

好評のうちに、その日の三十食も滞りなく売り切れた。

三

二幕目に入った。

おけいとおちえは両国橋の西詰へ呼び込みに行った。

中食が大車輪の働きだった千吉は、さすがに少しあごを出していたが、二階のおようと赤子のもとへ行くと、すぐさま元気を取り戻した。

「みんな、いい名だと言ってくれていたよ」

千吉は笑顔で言った。

「よかったわね」

抱っこした赤子に向かって、おようは言った。

「今日は比べる菜っ葉だったけど、ほかにもいろいろ考えられそう」

と、千吉。

「おひなにちなんだお料理ね」

　およう は笑みを浮かべた。

「そう。お日さまの『日』とか」

　千吉は案を出した。

「玉子はお日さまに見立てられるかも」

　おようが言う。

「ああ、そうだね。入れると値を上げなきゃならないけど」

　と、千吉。

「あとは何かしら」

　おようが小首をかしげた。

「お日さまのほかは……大師匠がいま日光から江戸へゆっくり向かっているけれど」

　長吉のことだ。

「日光からありがたいものをいただいてきてくださるかも」

　おようが笑みを浮かべた。

「そうだね。お日さまがあたたかく差して、お雛さまが笑顔で出迎えるような料理を出したいね」

　千吉は笑みを返した。

ここで赤子が目を覚ました。

「おとうがおまえの名にちなんだおいしいお料理をこの先も出してくれるって」

おようはおひなに語りかけた。

「気張ってつくるから」

千吉も言った。

ここで下から声が響いた。

「お客さんよ、千吉。厨に戻っておいで」

おちよの声だ。

「はあい、ただいま」

千吉はいい声で答えた。

声はさらに響いてきた。

「今日は打ち上げの宴だぜ、千坊」

万年同心の声だった。

「あっ、平ちゃん、いま行くよ」

千吉はいそいそと腰を上げた。

四

のどか屋の二幕目にやってきたのは、万年同心ばかりではなかった。

かしらの安東満三郎、韋駄天侍の井達天之助、日の本の用心棒こと室口源左衛門。

黒四組の精鋭が勢ぞろいだ。

「首尾よく捕り物が終わってな」

あんみつ隠密が晴れ晴れとした表情で言った。

「それは何よりで」

千吉が笑みを浮かべた。

「人返し令で寄場へ入れられるのを嫌がる者どもに声をかけて、手下を増やしていた盗賊を見張って、ゆうべ一網打尽（いちもうだじん）にしてやった」

黒四組のかしらは二の腕をたたいた。

「このたびは安東さまも捕り物を？」

おちよが驚いたようにたずねた。

「いや、おおむね町方と火盗改方に任せて、最後に出てきて『これにて、一件落（らく）

着！』と言ってやっただけだがよ」

　安東満三郎がそう言ったから、のどか屋に笑いがわいた。

「わしは一太刀浴びせたが」

　室口源左衛門が腕を振り下ろすしぐさをした。

「何にせよ、押し込みを防げて重畳でした」

　韋駄天侍が白い歯を見せた。

　酒と料理が出た。

　まずは天麩羅の盛り合わせだ。縁起物の海老と鱚の揚げたてが並ぶ。

「名が決まったそうだな」

　あんみつ隠密が言った。

　中食は売り切れたが、ややこの名が決まったことも伝える貼り紙はまだ出したままだった。

「おかげさまで、おひなという名に」

　おちよが答えた。

「いい名だな」

　日の本の用心棒がすぐさま言った。

「十数年後には看板娘で」

韋駄天侍も和す。

「無事に育ってくれればありがたいんですが」

刺身の盛り合わせを運んできた千吉が言った。

「あの子もだんだん言葉が増えてきて、すいすい歩くようになったので」

おちよが座敷でお手玉を始めた万吉を指さして言った。

「おう、妹ができてよかったな、三代目」

あんみつ隠密が声をかけた。

「いもうと？」

万吉はふしぎそうな顔つきになった。

「ちょっとまだむずかしいわね」

おちよは笑みを浮かべた。

「はは、そのうち分かるさ」

黒四組のかしらが笑った。

さらに料理が出た。

焼き蛤に筍（たけのこ）の木の芽焼き、分葱（わけぎ）と赤貝（あかがい）のぬた。どれも小粋な酒の肴だ。

「かしらには、とびきり甘い味噌田楽(でんがく)を」

千吉が皿を運んできた。

蒟蒻と豆腐と里芋。

串に刺した田楽に味噌がたっぷり塗られている。

「おう、ありがとよ。……うん、甘え」

さっそく口に運ぶなり、あんみつ隠密の口からお得意の台詞が飛び出した。

「で、若おかみは達者なのかい」

万年同心がたずねた。

「うん、幸い、お産が軽かったから」

千吉は笑みを浮かべた。

「赤子も元気か」

室口源左衛門が問うたとき、二階から泣き声が響いてきた。

「元気そうですよ」

井達天之助が白い歯を見せる。

「ちょっとだけ見てもらったら？」

おちよが水を向けた。

「そうだね。ちょっとだけなら」

千吉は乗り気で答えた。

「落っことさないようにね」

と、おちよ。

「うん、慎重に運ぶよ」

千吉は笑みを浮かべた。

ややあって、千吉がおくるみに入った赤子を運んできた。

「おお、これがおひなちゃんか」

黒四組のかしらがのぞきこむ。

「若おかみに似てるな」

万年同心が言った。

「やっぱりそう思う？　平ちゃん」

と、千吉。

「ゆくゆくは看板娘間違いなしだ」

万年同心が請け合った。

「どれ、わしが抱っこしてやろう」

無精髭を生やした日の本の用心棒が太い腕を伸ばした。

「泣くぞ」

あんみつ隠密が言う。

「ちょっとだけで」

室口源左衛門がおくるみごと抱っこした。

だが……。

いったんは泣き止んでいたおひなは、やにわに火がついたように泣きだした。

「ほら、言わんこっちゃない」

黒四組のかしらが苦笑いを浮かべた。

「やっぱり、おとうがいちばんだな」

室口源左衛門がおくるみを千吉に返した。

「おお、よしよし。おかあのとこへ帰るからね」

やさしい父の顔で、千吉が言った。

五

翌日の中食も赤子の名にちなむものにした。

おひなうどんではなく、おひな焼き飯だ。

小松菜と大根菜を細かく刻めば、焼き飯の具になる。ほかに入れるのは、ほぐした干物と刻んだ蒲鉾だ。

焼き飯には玉子も入れたから値が高めだが、風味のいい仕上がりになった。野田の醬油に毎日注ぎ足している命のたれを加え、塩胡椒で味を調（ととの）えれば、申し分なくうまい焼き飯になる。

これに浅蜊汁と鯛の刺身がつく。千吉がねじり鉢巻きでつくった膳は、今日もまた好評のうちに売り切れた。

二幕目に入ると、元締めの信兵衛と力屋の信五郎がのれんをくぐってきた。

さらに、少し遅れて狂歌師の目出鯛三が姿を現わした。

「できたてのかわら版で」

目出鯛三がおちよに刷り物を渡した。

「あっ、捕り物のお話ですね」

ちらりと目を通すなり、おちよが言った。

「ご存じでしたか」

狂歌師が笑みを浮かべた。

「黒四組のみなさんが、昨日ここで打ち上げを」

いくぶん声を落として、おちよは告げた。

「さようでしたか。そりゃあ知ってるはずですね」

目出鯛三が白い歯を見せた。

「なるほど、寄場へ送られるのを嫌がる無宿者を手下に使おうとしたわけですな」

刷り物に目を通しながら、元締めが言った。

こう記されていた。


人返し令により、浅草などに寄場が設けられたり。帰るべき郷里(くに)を持たざる者は、この寄場にて働くかはりに寝るところと飲食の証を得たり。

さりながら、寄場は窮屈(きゅうくつ)なりと嫌ふ者も多かりき。

そこに目をつけし悪党が、「わが手下に加はれば、銭もうけは思ひのまま」と甘ひ誘ひ水を与へたり。

かくして、いまにも押し込みが成就(じょうじゅ)せんとしたとき、天網恢恢疎(てんもうかいかいそ)にして漏(も)らさず、悪しき動きを察知せるお上(かみ)の精鋭たちにより、悪党どもは一網打尽となれり。

善哉(よきかな)、善哉。

「なるほど。一件落着ですね」

力屋のあるじが言った。

ここで千吉が料理を運んできた。

たらの芽の味噌焼きだ。天麩羅もうまいが、田舎味噌を酒でのばして塗った味噌焼きもいい酒の肴になる。

「そうでもないみたいなんですよ。寄場はまだあるわけですから」

おちよが言った。

「人返し令もなくなったわけじゃないしね。水野様のことだから、この先、もっと無(む)体(たい)なことを言いだすかもしれない」

元締めが浮かぬ顔で言った。

「とにかく、長逗留で不審なお客さんがいたら気をつけるようにと」

おちよが伝えた。

「分かった。ほかの旅籠にも改めてよく言っておくよ」

信兵衛はそう言うと、思い出したようにたらの芽に箸を伸ばした。

六

「そろそろおしまいかしら」

おちよが言った。

外はだいぶ暗くなってきた。のれんをしまう頃合いだ。

「だったら、火を落とす前に玉子雑炊をつくってあげようかと」

千吉が言った。

「いいわね。産後の身の養いにはそれがいちばん」

おちよが笑みを浮かべた。

そんなわけで、千吉が玉子雑炊をつくりだしたとき、その日最後の客があわただしく入ってきた。

「まあ、清斎先生」

おちよが目をまるくした。

のどか屋に姿を現わしたのは、古い付き合いの本道の医者、青葉清斎だった。

「こちらのほうへ往診と薬の調達があったもので。幸い、どちらも順調に終わりました」

総髪の医者が笑みを浮かべた。

「さようですか。せっかくですから、ややこを見ていってくださいまし」

おちよが笑みを返した。

「ええ。羽津からも言われていたもので」

清斎はすぐさま答えた。

「おひなと名づけました」

千吉が厨から言った。

「ああ。それはいい名ですね」

医者が温顔で言った。

せっかくだから、清斎の分も玉子雑炊をつくることにした。

できあがったものを、おちよとともに運ぶ。

おひなは万吉の横で眠っていたが、およう は起きていた。

「お加減はいかがですか？」

清斎がたずねた。

「ええ、大丈夫です」

おようは笑みを浮かべた。

「では、お脈と心の臓の音を」

清斎は手際よく診察を始めた。

千吉とおちよが見守る。

「よろしいですね。いたって順調です」

医者の言葉に、みなほっとした顔つきになった。

「では、精のつくものを召し上がってください。わたくしもいただきます」

清斎は笑みを浮かべた。

「わたしが匙で運ぶから」

千吉が玉子雑炊の碗と匙を手に取った。

「うん」

おようがうなずく。

思い思いに手が動いた。

「これはまさに、ほっとする味ですね。身の中にあたたかい川が流れていくかのようです」

清斎が満足げに言った。

「ほんとに、身の内側から癒えていくかのようです」

およようがうなずいた。

玉子雑炊を食べ終えると、清斎はおひなも診てくれた。

赤子を起こさないように、四肢(しし)をざっとあらためる。

「足は大丈夫でしょうか」

千吉が問うた。

おのれは生まれつき左足が曲がっていて、まっすぐ歩けるようになるまで、千住(せんじゅ)の骨接(ほねつ)ぎに通ったりしてずいぶん苦労させられたものだ。

「いまのところは、大丈夫そうに見えます。心配はいらないでしょう」

清斎の言葉を聞いて、みなほっとした顔つきになった。

「この先も、身の養いになるものを食べて、よく寝てよく休み、養生につとめてください」

最後に、医者はそう言った。

「ありがたく存じます。そうします」

おひなの母親が笑顔で答えた。

「身の養いになるものを、しっかりつくりますので」

千吉が引き締まった表情で言った。

第八章　兜煮と木の芽煮

一

花どきになった。

この時季の厨はことに忙しい。花見弁当の注文も入るからだ。

時吉は長吉屋で弁当づくりに大忙しだった。

ちらし寿司に小鯛の焼き物。だし巻き玉子に青菜のお浸し。

彩りも思案しながら、ていねいにこしらえていく。

「はい、お弁当、四人前上がりました」

一枚板の席の厨から、時吉が言った。

「はあい、ただいま」

奥からお運びの女がわらわらと出てきて包みを受け取る。

本厨だけでは手が足りないときは、こうやって助っ人に出るのが習いだ。

「お待たせしました。弁当の波が引いたので、これから肴を」

時吉は一枚板の席の客に告げた。

「ああ、ゆっくりでいいよ」

隠居の季川が笑みを浮かべた。

「今日はもうあきないは終わったからね」

隣に陣取った井筒屋の善兵衛が言った。

浅草の出見世であきないの段取りをつけてから長吉屋ののれんをくぐってきた。昨日は江美と戸美の新居も訪ねたらしい。どちらも達者で亭主と仲良くやっているという話だった。

ほどなく、肴ができた。

蛤の飯蒸しだ。

蛤の身に蒸したもち米をはさみ、もう一度さっと蒸す。蒸し加減を間違わなければ、これでこたえられない肴になる。

「もち米にも蛤の味がしみていてうまいね」

隠居が笑みを浮かべた。

「こりゃあ絶品です」

銘茶問屋のあるじがうなずく。

「ありがたく存じます。蒸し加減がむずかしいもので」

時吉が軽く頭を下げた。

下ごしらえを手伝った兄弟子の信吉も笑みを浮かべた。

そのとき……。

外から声が響いてきた。

「おう、帰(けえ)ったぜ」

長吉の声だった。

二

「久々に帰ってくると、江戸はやっぱりいいいな」

長吉は笑みを浮かべた。

厨と弟子の教え役は娘婿の時吉に任せているとはいえ、長吉屋のあるじだ。見世に戻ると、弟子や女たちが次々にあいさつに顔を見せた。いまその波が引き、一枚板の席に腰を下ろしたところだ。

「しばらくはこちらで」

時吉が問う。

「いや、もう遠出は当分いいぜ」

長吉は苦笑いを浮かべて猪口の酒を呑み干した。

「お弟子さんはいかがでした？」

井筒屋のあるじが問う。

「幸い、日光の弟子の見世は繁盛していましてね。ほっとしましたよ」

古参の料理人は胸に軽く手をやった。

「そりゃあ何よりだね」

隠居がそう言って酒をついだ。

「見世をたずねて行ったら、なくなってたりしたこともあるもんで」

長吉はあいまいな顔つきで答えると、季川に酒をつぎ返した。

「ところで、うちのほうに朗報があるんです」

時吉が謎をかけるように言った。

「朗報と言うと……ひょっとして、生まれたのか？」

長吉は身を乗り出した。

「ええ。おかげさまで」

時吉は笑顔で答えた。

「どっちだ」

すぐさま問う。

「女の子です」

時吉も打てば響くように答えた。

「そりゃあ重畳だ。名は決まったのか」

長吉はなおも問うた。

「ええ。おひなという名で」

時吉は答えた。

「おひなか……いい名じゃねえか」

長吉の目尻にしわがいくつも浮かんだ。

「雛祭りが近いですからね」

井筒屋のあるじが言う。

「雛人形のようにみなにかわいがられるようにという願いがこもっているようです。……はい、お待ちで」

時吉が肴を出した。

焼き蛤だ。

仕上げに醬油をほんの少し垂らす。その加減も料理人の腕の見せどころだ。

長吉はさっそく賞味した。

「弟子のなかじゃ、やっぱりいちばんの腕だな」

古参の料理人が渋く笑った。

「ありがたく存じます」

時吉は笑みを返した。

「で、曾孫の顔はいつ見に行くんだい？　わたしは明日のどか屋で療治なんだが」

隠居が訊いた。

「なら、善は急げで、明日の二幕目に」

長吉が答えた。

「お待ちしております」

時吉が頭を下げた。

三

　おようは産後の肥立ちも良く、普通に歩けるようになった。

　大事を取って膳運びはまだ自重しているが、おひなを抱いて勘定場に座った。

「おっ、達者そうだな、若おかみ」

「元気な子で何よりだ」

　客が口々に声をかけた。

「ありがたく存じます。おかげさまで」

　おようは笑顔で答えた。

　中食は蛤ご飯の膳だった。

　ほかほかの飯に蛤のうま煮を載せ、木の芽を散らす。煮汁も加えてやるのが勘どころだ。これに鯛の刺身と若布と豆腐の味噌汁がつく。好評のうちに三十食が売り切れた。

　二幕目になった。

「そろそろ来るかしら、おとっつぁん」

そわそわした様子で、おちよが言った。

「今や遅しと待ってるんだけど」

万吉の相手をしながら、千吉が言った。

ゆうべは姿が見えないなと思ったら、二階のお客さんの部屋にいきなり姿を現わして驚かせてしまったようだ。ちなみに、どこか陰のある長逗留の客で、使う言葉の端々から察するに、どうやら越中の生まれらしい。

「にゃあ」

二代目のどかが入ってきた。

「はい、お帰り」

おちよが出迎える。

老猫のゆきも含めて、猫たちはみな達者だ。

ほどなく、おけいが客を案内してきた。一緒に両国橋の西詰へ呼び込みに出たおちえも客が見つかり、巴屋へ案内していったらしい。

のどか屋の客は、常連の越中富山の薬売りだった。

薬売りには厳しい規律があり、江戸では必ず決まった宿に泊まることになっている。いまは富山にいる孫助をかしらとする組は、ありがたいことにのどか屋を定宿にしてくれていた。

「孫助さんの弟子の幸太郎で。世話になるっちゃ」

上背のある男が笑みを浮かべた。

「その弟子で。豆腐飯が楽しみだっちゃ」

こちらは小柄な弟子が和す。

「さようですか。どうかごゆっくり」

おちよが如才なく言った。

客の案内が終わり、ひと息ついたところで、おちよが表を見た。

「来たわね」

ぽつりと言う。

のどか屋の大おかみはさすがの勘ばたらきだった。

「おう」

少し遅れて、長吉が悠然とのれんをくぐってきた。

四

「無事に生まれて何よりだ」

長吉の目尻に、しわがいくつも浮かんだ。

「おかげさまで」

おくるみを抱いたおようが、一枚板の席に座ったまま頭を下げた。

おひなはお乳を呑んでから眠っている。万吉は表で大松屋の三代目の升吉などの近所の子たちに遊んでもらっているようだ。

「いまは寝てるけど、若おかみに目元がよく似てるんですよ、大師匠」

千吉が嬉しそうに告げた。

「ゆくゆくは看板娘っていう評判で」

おちよも笑みを浮かべた。

「そりゃ気が早え(はえ)な」

長吉も笑った。

ほどなく、岩本町の御神酒徳利がやってきた。

「おっ、江戸へ戻られたんですかい」

寅次が長吉の顔を見て言った。

「おう、生きて江戸の土を踏めてな」

長吉が渋く笑った。

「そりゃ何よりでさ」

野菜の棒手振りが白い歯を見せた。

「そうそう、土産っていうほどのものじゃねえんだが、かさばらねえ御守を日光の東照宮でたくさん買ってきてやった」

長吉はふところから巾着を取り出した。

「おひなちゃんの『ひ』は、日光の『日』にも通じるので」

おちよが言った。

「おう、そりゃちょうどいいや。この桃色がちょうどいいだろう」

長吉は女の子に合いそうな御守を選んだ。

「万吉の分もお願いします」

厨で手を動かしながら、千吉が言った。

「わたしが選んでいい？」

およようが問うた。

「ああ、いいよ」

すぐさま答えが返ってきた。

少し迷ってから、およようは藍色の御守を選んだ。

「これでどちらも無病息災で」

「めでてえこった」

岩本町の御神酒徳利の声がそろった。

ここで肴が出た。

「鯛の兜煮とあら煮でございます」

千吉が盆を運んできた。

「おいらたちが兜ってこたぁねえな」

湯屋のあるじが言った。

「あら煮で充分で」

富八が笑う。

「あら煮には牛蒡、兜煮には独活をあしらっていますので」

千吉が笑みを浮かべた。

「気を遣ってもらってありがとよ」

野菜の棒手振りがそう言ったから、のどか屋に和気が満ちた。

舌だめしになった。

鯛の兜はうま味がぐっと詰まっているところだが、切り分けるのが難儀だし、料理にも勘どころが多い。料理人の腕が問われるひと品だ。

「うん……ちゃんと下ごしらえをしてあるな」

古参の料理人が孫に言った。

「さっと霜降りにしてから、ていねいに洗ったので」

千吉が答えた。

「おう、おかげで臭みが取れて上々の味だ。これならどこへ出しても恥ずかしくねえぜ」

長吉からお墨付きが出た。

「あら煮もうまいよ」

寅次が言う。

「牛蒡がうめえ」

富八がそこをほめる。

いつもの調子で、和気藹々(あいあい)の時が過ぎていった。

五

岩本町の二人が引き上げると、万吉が帰ってきた。

「はいはい、もうおうちにいてね」

おひなの世話もあるおようが言った。

「うん」

歩くのが早くなったわらべがうなずく。

「妹ができて良かったな、万吉」

長吉が声をかけた。

「あ、起きた」

おようが声をあげた。

「おう、やっと起きたか」

長吉が笑みを浮かべた。

「目元がおようちゃんにそっくりだっていう評判で」

おちよが言った。

「そうか。ちょいと抱っこしてやろう」

長吉は手を伸ばした。

「泣かしちゃうわよ、おとっつぁん」

おちよが言う。

「その前に返すから。……おお、ほんとにおっかさんに似てるな、小町娘だ」

長吉が気の早いことを口走ったとき、だしぬけに赤子の顔つきが変わった。

やにわに顔じゅうを口にして泣きだす。

「だから言ったのに」

おちよがややあきれたように言った。

「おう、すまんな。……やっぱりおっかさんがいちばんだ」

長吉はおようにおひなを戻した。

「はいはい、いい子いい子」

おようが赤子をあやす。

しばらくすると、おひなは泣きやんだ。

「おまえも抱っこしてみるかい？」

おようが万吉に声をかけた。

「うん」

万吉はうなずいた。

「落っことすんじゃないよ」

千吉が厨から声をかけた。

「ちゃんと見てるから」

と、おちよ。

「ほら、こうやって」

おようが手本を見せた。

「しっかり持て」

長吉が言う。

初めはおっかなびっくりだったが、万吉はおくるみに入った妹をしっかりと抱いた。

「それでいいわ」

母が笑みを浮かべた。

万吉もほっとしたように笑みのようなものを返した。

そこへ、隠居の季川が姿を現わした。

「ちょっと療治には早かったけど、長さんが来てると思ってね」

隠居は温顔で言った。

「赤子を抱っこしたら泣かしちまって」

長吉は苦笑いを浮かべた。

「はは、そりゃしょうがないよ」

隠居はそう答えて、長吉の隣に腰を下ろした。

「ちょうどいま肴が上がります」

千吉が厨から言った。

「今度は何だ」

長吉が問う。

「稚鮎(ちあゆ)の木の芽煮で」

のどか屋の二代目が答えた。

「おう、渋いな」

古参の料理人が笑みを浮かべた。

「南蛮(なんばん)漬けも仕込んだんですが、まずは木の芽煮で」

と、千吉。

「長さんの留守のあいだに、またいちだんと腕が上がっているよ」

隠居が言った。

「そいつぁ頼もしい」

長吉屋のあるじが言った。

木の芽煮が来て、隠居に酒も出た。さっそく舌だめしになる。

「合わせだれの塩梅がちょうどいいな」

食すなり、長吉が言った。

「ちょこっと水飴(みずあめ)も入れてるので」

千吉が笑みを浮かべた。

「濃口の醤油ならではの深い味だね。木の芽とも合ってるよ」

隠居の白い眉がやんわりと下がった。

「おとうのお料理、おいしいって」

再びおひなを抱っこしたおようが万吉に言った。

「うん」

のどか屋の三代目になるわらべが元気よく答えた。

六

翌朝――。

名物の豆腐飯の朝膳を食すために、泊まり客が一人また一人と入ってきた。

いつものように療治の後に泊まった隠居の姿もある。

「今日は朝獲(あさど)れの魚の刺身つきだね」

隠居が笑みを浮かべた。

「どれもきときとで」

越中富山の薬売りが言った。

孫助の弟子の幸太郎だ。

「うまいっちゃ」

その弟子が白い歯を見せる。

「きときとっていうのは、新鮮でおいしいっていうことです、師匠」

おちよが解説した。

薬売りの定宿のおかみだから、越中弁は耳になじみがある。

「そうかい。感じの出た言葉だね」

隠居は答えた。

「豆腐飯も評判どおりのうまさで」

幸太郎が満足げに言う。

「うまいっちゃ」

「おめえはそればっかりだな」

薬売りたちの掛け合いに、のどか屋に笑いがわいた。

ここで、膳を食べ終えた客が意を決したように二人組に近づいた。

「あの……おいらも越中の出で」

長逗留の客が言った。

「おお、そうですかい。こちらは薬売りのあきないで」

幸太郎がすぐさま答えた。

「初めて江戸に来たっちゃ」

その弟子が笑みを浮かべる。

「『きのどくな』とかおっしゃっていたので、たぶん越中の方かと思っていたんです」

おちよが言った。

「はい、ひと旗揚げると郷里を出てから早いものでもう十年になりまさ」

長逗留の客は髷に手をやった。

「旗は揚がったけ？」

幸太郎がたずねた。

「いや……人返し令も出たし、江戸はもうあきらめて田舎に帰ろうかと」

男がやや思いつめた顔で答えた。

「そうですかい。薬売りになる気があるのなら、おいらと一緒に帰るっちゃ。孫助さんに紹介するんで」

幸太郎が水を向けた。

「ほんとですか」

男の表情が変わった。

「いくらでも教えるっちゃ。まだこっちであきないがあるんで、きりがついてからだけど」

幸太郎は笑みを浮かべた。

「帰りはにぎやかでいいっちゃ」

その弟子が和す。

「なら、あとでちょっこし相談を」

長逗留の客が笑顔で言った。

「ああ、こっちの部屋へ来てくられ」

幸太郎がすぐさま答えた。

「のどか屋が取り持つ縁だね」

隠居がうなずく。

「はい、ありがたいことで」

薄紙が一枚剝がれたような顔つきで、男が言った。

七

長逗留の男の名は午次郎(うまじろう)だった。

このままでは寄場につれていかれてしまいかねない。さりとて、故郷へ帰る踏ん切りもつかなかった。ひと旗揚げると勇んで郷里を出てから十年余、尾羽(おは)打ち枯らした姿でおめおめと帰りたくはなかった。

しかし……。

背に腹は代えられない。薬売りの修業を一から積んで、生まれ変わった気でやり直すことにしよう。

午次郎はそう心に決めた。

そうと決めたら、さっそく見習いだ。午次郎は幸太郎の弟子とともにあきないに同行し、薬売りの学びを始めた。

そして、江戸を発つ日が来た。

葉桜になり、桃の花が目立つようになった頃合いだ。

「世話になったっちゃ」

幸次郎が言った。

「またのお越しを」

おちよが見送る。

「道中、お気をつけて」

おようもおひなを抱っこしたまま笑みを浮かべた。

「次に来るときは、たくさんしゃべるようになってますから」

万吉の手を引いた千吉が言った。

「そりゃ楽しみっちゃ」

幸太郎が白い歯を見せた。

「今度来るときは、薬箱を背負ってますので」

午次郎が言った。

「楽しみにしております」

おちよが頭を下げた。

「どうかお達者で」

おようも続く。

「また豆腐飯を食べに来るっちゃ」

「そのときまで気張って稼がねば」

薬売りたちが言う。

「お待ちしております」

千吉が一礼した。

つられて万吉もぺこりと頭を下げる。

「では、長々とお世話になりました」

長逗留を今日で終え、久方ぶりに故郷へ帰る男が感慨深げに言った。

「お気をつけて」

「またのお越しを」

のどか屋の若夫婦の声がそろった。

第九章　桃の節句

一

「うん、甘え」

のどか屋におなじみの声が響いた。

黒四組のかしらの安東満三郎が、あんみつ煮を口に運んだところだ。同じ一枚板の席には万年同心もいる。

「なんにせよ、よかったですよ。暗い顔で長逗留されていたので」

おちよが安堵したように言った。

越中組を見送った二幕目だ。首尾よく泊まり客が見つかり、旅籠の部屋はあらかた埋まった。午次郎が長逗留していた部屋にはべつの客が入った。

「悪いやつらの手先にされなくてよかったぜ」

あんみつ隠密が言った。

「寄場に送られることを考えれば、田舎へ帰るのがいちばんで」

万年同心がそう言って、猪口の酒を呑み干した。

「そうすると、人返し令は効き目があったんでしょうか」

おちよがたずねた。

「いや、焼け石に水もいいとこだぜ」

安東満三郎が苦笑いを浮かべた。

「と言いますと？」

おちよがさらに問う。

「田舎に人が少なくなれば、当然のことながら年貢が減っちまう。そこで、江戸へ流れてきた連中を無理に返して米をつくらせる。そんな算盤勘定だが、いままでふらふらしてた連中を田舎へ強引に返したところで、すぐ田んぼを耕して米をつくれるわけじゃねえ。言っちゃあ悪いが、水野様の頭の中で都合よくこしらえた策にすぎねえんだ。そのうち頓挫しちまうぜ」

黒四組のかしらはそう切って捨てた。

「頓挫したら、また次の強引な手を思案するでしょう」

万年同心が言った。

「そうやって、どんどん深みにはまっていくわけだ」

あんみつ隠密はそう言って、また油揚げの甘煮を口中に投じた。

「なかなかうまくいきませんね」

おちよが首をかしげた。

「のどか屋とは大違いだ」

安東満三郎が笑みを浮かべたとき、千吉が次の肴を運んできた。

「これは平ちゃんに。小柱の磯辺和えで」

千吉は品のいい小鉢を置いた。

「おう、凝ったものが出たな」

万年同心がのぞきこむ。

「おひなちゃんの桃の節句のお祝いが近いから、ことのほか気が入ってるんですよ」

おちよが言った。

「そうかい。宴をやるのかい」

あんみつ隠密が訊く。

「ええ。およういちゃんのおっかさんと義理のおとっつぁんなども来ることになってます」

おちよは笑顔で答えた。

「こりゃあ海苔もぱりっとしててうめえな」

万年同心が満足げに言った。

「もみ海苔がしけないように、お出しする直前に和えるのが勘どころで」

千吉が答える。

「割り醬油もいい塩梅だ」

味にうるさい万年同心にほめてもらって、千吉は満面の笑顔になった。

ここで泣き声が聞こえてきた。

「おひなちゃんのほうね」

おちよが旅籠のほうを指さして言う。

「上の子もまだ夜泣きをするだろう？」

あんみつ隠密が訊いた。

「ええ。まだちっちゃいから仕方ないです」

千吉が答えた。

「子が二人で若おかみも大変だから、なるたけ助けてやんな」

黒四組のかしらが言った。

「はいっ」

のどか屋の二代目はいい声で答えた。

二

三月三日はよく晴れた。

のどか屋の前には、こんな貼り紙が出た。

けふの中食
桃の節句のひなちらし膳
小鯛の焼き物、蛤吸い、小鉢つき
三十食かぎり四十文
二幕目はかしきりです

具だくさんのちらし寿司を膳の顔に据えたので、いつもより高い値だ。宴もあるから、今日は親子がかりだ。

「はい、焼き物あがりました」

千吉の声が厨で響いた。

「はいよ」

打てば響くように時吉が答え、膳をととのえていく。

膳の顔はちらし寿司だ。

錦糸玉子に海老に菜の花。それに、蓮根（れんこん）に豆。

縁起物がたくさん入った彩り豊かなひと品だ。

「海老は長生きの縁起物だったな」

「おう、食ってもうめえぜ」

なじみの左官衆が箸を動かしながら言う。

「蓮根も縁起物か？」

膳を運んだ帰りのおちえに向かって、客の一人が問うた。

「さあ、どうでしょう」

手伝いの娘が首をかしげる。

「向こうが良く見通せるようにっていう縁起物よ」

古参のおけいが助け舟を出した。

「ああ、なるほど」

おちえは笑みを浮かべた。

「豆は達者（まめ）でいられるようにと」

おちよが言葉を添えた。

「なるほどな。いろいろ思案してるわけだ」

「ありがてえ膳だな」

客の一人が両手を合わせた。

「蛤も縁起物なので」

勘定場から、おひなを抱っこしたおようが言った。

「そりゃ知ってるぜ。二つの殻がぴったり合わさってるから、夫婦円満ってわけだ」

「へえ、物知りだな、おめえ」

「のどか屋にはぴったりじゃねえか」

「あやかりてえもんだ」

左官衆がにぎやかにさえずった。

「菜の花も珍しいな」

「油を搾るばっかりで、あんまり食わねえからよ」

「のどか屋じゃ胡麻和えやお浸しにも出るけどよ」

ほかの客が言う。

「玉子とじとかもうまいですよ」

千吉が厨から言った。

「吸い物の具にもなります」

時吉も和す。

「そうかい。学びになるな」

「のどか屋は江戸の料理屋の大関だからよ」

客の言葉を聞いて、千吉が嬉しそうな笑みを浮かべた。

三

二幕目になった。

旅籠の呼び込みもうまくいき、泊まり客が落ち着いたところで、深川組がのどか屋ののれんをくぐってきた。

おようの母のおせい、義父でつまみかんざしづくりの親方の大三郎、おようの弟の儀助、それに、つまみかんざしづくりの修業中の吉岡春宵の姿もあった。

「まあ、春宵さん、だいぶふっくらされましたね」

おちよが笑顔で言った。

「ええ。食べるものがどれもおいしく感じられるようになったもので」

春宵が答えた。

もとは人情本を書いていたが、お上からまかりならぬという理不尽なお達しが出てしまった。一時は世をはかなんでいたのだが、のどか屋と縁があり、いまはすっかり立ち直ってつまみかんざしづくりに精を出している。

そのかたわら、文才を活かし、灯屋の幸右衛門から乞(こ)われて『本所深川早指南』を執筆した。目出鯛三の『浅草早指南』が当たったので柳の下の泥鰌(どじょう)を狙った書物だが、なかなかの売れ行きらしい。

「次は『両国早指南』を書かれるそうですよ」

おせいが言った。

「まあ、それなら西詰にも？」

おちよが問う。

「ええ。取材がてら、これからは折にふれてこちらにも寄らせていただきます」

春宵はやわらかな表情で答えた。

ほどなく支度が整った。

桃の節句の祝いだから、雛人形を飾った。

かつて将軍吉宗の享保年間に、華美な雛人形を禁じるお触れが出たことがある。財力に富む者たちが、より大きく、より派手な雛人形をと競うようになってしまったため、手綱を締められてしまったのだ。

さりながら、雛人形そのものが禁じられたわけではなかった。地味で小ぶりなものの伝統はしっかりと受け継がれていた。

おひなの祝いだから、千吉は奮発していい品を買った。今日の宴はそのお披露目を兼ねている。

「これ、駄目よ」

興味津々の体で雛人形に前足を伸ばした小太郎を、おちよがたしなめた。

「はいはい、向こうでね」

おようが両手を伸ばし、小太郎を土間に移した。

猫がぶるぶるっと身をふるわせ、毛づくろいを始める。

「今日は餡巻きもできるから」

料理を運んできた千吉が儀助に言った。

「出るんじゃないかと思った」

だいぶ背丈が伸びて、わらべからだんだん若者らしくなってきた儀助が答えた。

「楽しみにしていたみたいで」

おせいが笑みを浮かべる。

「万坊はまだ早いかな」

大三郎が手で示した。

「まだ当分はお乳なので」

おようが答えた。

「まずはちらし寿司で」

おちよが勧めた。

「色とりどりでおいしそうです」

春宵が笑みを浮かべる。

「中食もちらし寿司だったんですが、宴なので蛤を足しました」

千吉が手で示した。

「蛤吸いと焼き蛤もお持ちしますので」

厨から時吉が言った。

「蛤づくしだな」

大三郎がにやりと笑って、猪口の酒を呑み干した。

「蛤のつまみかんざしはむずかしそうですね」

春宵が言う。

「そりゃあ売れないわよ、春宵さん」

おせいがすぐさま言ったから、のどか屋の座敷に笑いがわいた。

今日は節句の祝いに合わせて、おせいもおようも桃の花のつまみかんざしを挿していた。華美なものはお咎めを食らいかねないご時世につき、ともに小ぶりなものだ。

世話になったお礼として、春宵からはおちよに蜻蛉のつまみかんざしが渡された。上々の出来で、いまにも青い空へ飛んでいきそうなさまだ。ひと目で気に入ったおちよは、まるで娘のように喜んでいた。

「今日はご隠居さんや元締めさんは？」

焼き蛤を運んできた千吉に向かって、おせいが問うた。

「そのうちお食い初めの宴もありますので、このたびは内輪だけで。……はい、お待たせいたしました」

千吉は焼き蛤の皿を置いた。

「ああ、生まれて百日後はお食い初めね」

おせいがうなずく。

「もうあっという間ね」

おひなのおくるみをひざに乗せたおようが言った。

さきほどお乳を与えたおかげで、いまはよく眠っている。

「このまま無事に育ってくれればと。……なら、また厨へ」

さっと右手を挙げると、千吉は厨へ戻っていった。

四

蛤吸いに続いて、蛤と菜の花の小うどんも出した。

細打ちの麺で花麩を散らした上品なうどんはことのほか好評だった。

「あとは餡巻きで」

千吉が告げた。

「待ってました」

儀助がおどけて答える。

ほどなく、甘い餡のいい香りが漂いはじめた。

「なんだか久しぶりねえ」

おちよが言う。

「これからは二人の子が育つから、ちょくちょくつくるよ」

千吉が気の早いことを言った。

親子がかりで手を動かしているうちに、餡巻きは次々にできあがった。

「おめえから食いな」

大三郎が手で示した。

「はい、親方」

見習いの職人の顔で、儀助が答えた。

さっそく手を伸ばし、まだほかほかの餡巻きを食す。

「ああ、久々に食べるとおいしい」

儀助は満面の笑みになった。

「ほんと、餡が甘くて」

おせいも和す。

「生地がいいから、餡も活きてくる。つまみかんざしの羽二重と同じだな」

大三郎が職人らしい感想を口にした。

「これはのどか屋さんの名物料理として『両国早指南』で紹介しないと」

春宵が乗り気で言った。

「いや、餡巻きはいつもできるわけじゃないですから」

千吉があわてて言った。

「餡を炊くのは時がかかるもので」

時吉も厨から言う。

「ご紹介いただけるのでしたら、やはり豆腐飯がよろしかろうと」

おちよが笑みを浮かべた。

「ああ、それもそうですね」

春宵はすぐさま同意した。

「豆腐飯なら、毎朝やってるので」

およう が言った。

こうして、話がまとまった。

ややあって、おひなが目を覚ました。

「まだ眠そうね」

抱っこしたおようが言う。

「ほんとに、目もとがそっくり」

おせいが孫の顔を見て言う。

「今日はお祝いに来てくれたのよ、みんな」

おようが生まれたばかりの娘に言った。

「きょとんとしてるな」

一枚板の席に腰かけた千吉が言った。

餡巻を出し終えたので、いまはゆっくりしている。

「またお食い初めでね」

おちよのほおにえくぼが浮かんだ。

そのうち、儀助が万吉に声をかけて、相撲を取りはじめた。

背丈はずいぶん違うが、万吉は喜んで儀助にぶつかっていった。

「よし、押せ」

千吉が声援を送る。

「しっかり、万吉」

おようも続く。

「足に力を入れろ」

時吉も出てきて言った。

儀助は芝居をして、押し出されるふりをした。

「万坊の勝ちだ」

「すごいね」

深川組から声が飛ぶ。

「いやあ、強かった」

儀助が白い歯を見せた。

わらべなりに力を出した万吉は、花のような笑顔になった。

五

三色の菱餅（ひしもち）を土産に、深川組を見送ったのどか屋の面々は、後片付けにかかった。

「明日からまた気張らないと」

座敷を片付けながら、千吉が言った。

「はいはい、ちょっとどいてね」

邪魔なところにいた二代目のどかにおちよが手を伸ばした。

「あらっ、この子……」

首根っこをつかみ、しげしげと猫を見る。

「どうかしたか？」

一枚板の席を拭いていた時吉が問うた。

「またお産をするみたい」

おちよが猫のおなかを見て言った。

「みゃあ」

二代目のどかが不満げになく。

「はいはい、ごめんね」

おちよは猫を放した。

「なら、貰い手を探さなきゃ」

千吉が言った。

「それは生まれてからでいいかも」

また眠ったおひなをあやしながら、おようが言った。

「何匹生まれるか分からないものね」

と、おちよ。

「幸い、うちの猫は引く手あまただから」

時吉が笑みを浮かべた。

「生まれる前からもらい手が手を挙げてくださるほどだから」

おちよはそう言うと、座敷の座布団の上で香箱座りをしているゆきの頭をなでた。

「おまえはもう御役御免だね。長いあいだ、えらかったね」

目だけ青い老いた白猫の労をねぎらう。

ちょうどせがれの小太郎がすり寄ってきた。黒猫のしょうが死んでしまったので、ゆきの子で残っているのはこの小太郎だけだ。ふくとろくの兄弟は二代目のどかの子で、母猫と同じ茶白の縞柄をしている。

「また似たような子を産むかな」

千吉が二代目のどかを指さした。

「初代ののどかから、ずっと続いてきたから」

おちよが言った。

「あの色だね」

千吉が神棚（かみだな）を指さした。

そこには「親子の十手（じって）」が飾られていた。おちよと千吉の勘ばたらき、このところは出番がないが時吉の立ち回りの腕、それを徳として黒四組からのどか屋に託されたほまれの十手だ。

その房飾り（ふさかざ）りの色は、初代のどかから脈々と受け継がれてきた毛色と同じだった。

「楽しみね」

と、およう。

「いい子を産むのよ」

おちよが二代目のどかに言った。

「みゃあ」

猫がないた。

今度は不満げではなく、「まかせてよ」と言わんばかりの声だった。

六

めでたい知らせはさらに続いた。

翌日の二幕目、よ組の火消し衆がのれんをくぐってきた。

かしらの竹一と纏持ちの梅次、それに、双子の姉妹を娶った竜太と卯之吉だった。

「今日はちょいと祝いで」

かしらが言った。

「まあ、何のお祝いでしょう」

おちよが訊く。

「こいつにややこができるんで」

竹一は竜太を手で示した。

「そうすると、江美ちゃんにややこが？」

おちよの顔に驚きの色が浮かんだ。

「正月に祝言を挙げたばかりで、もうややこが」

　おひなをあやしながら、およう が言った。

「夏ごろに生まれるそうで。ありがてえこって、へへ」

　竜太が笑う。

「ちょうどいい鯛が入ってるんで、さっそく姿盛りに」

　千吉が厨から言った。

「おう、いいな。天麩羅もできるかい」

　座敷に上がってあぐらをかいたかしらが問うた。

「はい、小鯛の天麩羅ができます」

　千吉はすぐさま答えた。

「締めに鯛茶がいいな」

　纏持ちが所望する。

「そりゃ、おいらも」

「ぜひ食いてえな」

　兄弟からも手が挙がった。

「そういうこともあろうかと、もう昆布締めにしてありますので」

千吉が得たりとばかりに言った。

「そりゃ手回しがいいや」

「どんどん持ってきてくんな」

よ組のかしらと纏持ちの声がそろった。

ほどなく酒が運ばれてきた。

さしつさされつしているうちに、料理もできた。

「今日の刺身はことのほかうめえな」

竜太が言った。

「うちも負けねえようにしねえと」

弟の卯之吉が言う。

「競い合って、よ組が倍になるくらい子をつくってくれ」

かしらが戯れ言めかして言った。

「そりゃつくりすぎで」

竜太が笑った。

「子といえば、うちのこの子もまたお産をするみたいなんですよ」

おちよがちょうど通りかかった二代目のどかを指さした。

「また福猫が増えるのかい」

梅次が言う。

「ええ。生まれたらもらい手を探さないと」

おちよが答えた。

「ややこができるついでに、もらったらどうだ」

竹一が竜太に水を向けた。

「いや、ややこと猫の子と、両方いっぺんには」

竜太があわてて手を振った。

「うちだったら、もらうって言うかも」

代わりに卯之吉が言った。

「ああ、戸美ちゃんは猫好きですものね」

おちよが笑みを浮かべた。

「おう、もらってやれ」

竹一が身ぶりをまじえた。

「福が来て、ややこもできるぜ」

梅次が白い歯を見せた。

「これで早くも一匹目が決まりで」

　おようが笑顔で言った。

　鯛づくしの料理が進んだ。

「ちょうどいい揚げ具合だ」

　小鯛の天麩羅を賞味したかしらが言った。

「さすがは二代目で」

　竜太も和す。

「ありがたく存じます。鯛茶もできますので」

　千吉が厨から言った。

「おう、楽しみだ」

「もう食えるぜ」

　火消し衆から声が飛ぶ。

　ややあって、鯛茶が運ばれてきた。

「おお、来た来た」

「これを食って帰らなきゃ」

　次々に手が伸びる。

胡麻の香りが絶妙な鯛茶は、今日も好評だった。

江戸の火消しは悠長に食べたりしない。あっという間にどの碗も空になった。

「かあ、うまかったぜ」

竜太が言った。

「来た甲斐があった」

卯之吉も和す。

「次はおめえの子の祝いだな」

竹一が酒をついだ。

「へい。猫ももらいに来なきゃ」

卯之吉が受ける。

「生まれて二月くらいはおっかさんと一緒に育てて、猫らしくなってきたところで里子に出しますから」

おちよが二代目のどかのほうを手で示した。

いまはせがれのろくと一緒に土間の隅にいる。

「いい子を産んでくんな」

卯之吉が声をかけた。

「みゃあ」

ろくが代わりに返事をした。

「おまえは雄だからね」

おちよがそう言ったから、のどか屋に笑いがわいた。

第十章　鰹たたき膳

一

江戸に初鰹の季がやってきた。

もっとも、値が張るうちは中食では出せない。しばらくは待ちが続いた。

のどか屋より先に、長吉屋で鰹が出た。

こちらは裕福なあきんどが会食で用いる。初鰹ならいかに値が張っても食したいという客の求めがある。

一枚板の席で初めて頼んだのは、井筒屋の善兵衛だった。江戸でも指折りの銘茶問屋のあるじだから、それくらいの贅沢はできる。

ちょうど季川と信兵衛が同席していた。

「ご隠居さんと元締めさんの分も手前が持ちましょう」

銘茶問屋のあるじがそう申し出た。

「えっ、いいのかい？」

季川が驚いた顔つきになった。

「そんな、値の張る初鰹を」

信兵衛も言う。

「手前だけ食べるわけにはまいりませんし、お世話になっておりますから」

善兵衛は笑みを浮かべた。

「たまに一緒に呑むだけで、何も世話はしていないよ」

隠居が笑みを返す。

「さすがは有徳（うとく）の人だねえ」

元締めがそう言って軽く両手を合わせた。

「では、鰹のたたきをおつくりいたしましょう」

時吉が厨から言った。

「お願いします」

「楽しみだね」

一枚板の席の客が顔をほころばせる。

「盛り付けは地味にさせていただきますので」

時吉はそう断った。

「お上が目を光らせているからね」

と、隠居。

「水野様の政はどうも息が詰まるとみな言っていますよ」

元締めが言った。

「まあ、いま少し我慢でしょうね」

井筒屋のあるじがそう言って、猪口の酒を呑み干した。

弟子の信吉とともに、時吉は手際よく鰹のたたきをつくった。

節おろしにして血合いなどを取り除いた鰹は、皮目を下にして扇型に金串を打つ。

薄く塩を振ってやるのが勘どころだ。

皮目から焼き、裏返して身のほうも加減よく焼く。

ここで冷たい井戸水に落として身を締めるやり方もあるが、今日は脂がとろけたままのあつあつを供することにした。ことに、一枚板の席の客にはこれがいい。

引きづくりにした鰹の身に刷毛で加減酢を塗り、青紫蘇や刻み葱などの薬味を載せ、包丁の背で塩梅よくたたく。これで香りが立ち、さらに風味が増す。

「はい、初鰹のたたき、おまちどおさまでございます」

時吉は皿を下から出した。

「では、まず勧進元から」

隠居が善兵衛を手で示した。

「はは、勧進元ですか。ならば、失礼して」

銘茶問屋のあるじが箸を伸ばし、鰹の身を口中に投じた。

「これは……とろけるようですな」

善兵衛が満面に笑みを浮かべた。

隠居と元締めも続く。

「まさに、口福の味だね」

隠居が食すなり言った。

「おかげさまで、いくらか寿命が延びましたよ」

元締めも言う。

「ありがたく存じます」

時吉は会心の笑みを浮かべて一礼した。

二

鰹の値がいくらか落ち着いてきたころ、二代目のどかがお産をした。

何匹生まれてくるか、いつも蓋を開けてみないと分からないが、このたびの子猫は五匹だった。

「みな無事だったのは久しぶりね」

おちよが笑みを浮かべた。

土間の隅で母猫が子猫たちに乳をやっている。おのずと心がなごむ光景だ。

「そうですね。とりあえず、みな無事に生まれてきたから」

おひなに乳をやりながら、おようが言った。

二幕目が始まるまでの中休みだ。

「にゃーにゃ、五つ」

万吉が右の手のひらを開いた。

「よく数えられたな。五匹いるね」

千吉が厨から出てきて言った。

「この子だけ、毛色が違うんですね」

　おようが指さした。

　あとの四匹は二代目のどかと同じ茶白だが、一匹だけ白黒の猫がまじっていた。

「そうそう。いつもおんなじ色と柄の子を産むんだけど」

　おちよが言った。

「おとっつぁんに似たんだろうね」

　と、千吉。

「雄かしら、雌かしら」

　おようが言った。

　母猫と子猫たちのほうを見ながら、

「もうちょっと大きくならないと分からないわね」

「白黒のほうがいいかもしれないわね。この子たちでもまぎらわしいのに」

　ちょうど通りかかったふくとろくの兄弟を手で示して、おちよが言った。

　どちらも母猫の二代目のどかにそっくりな柄だから、分かりやすいように兄のふくは紺色、弟のろくには浅葱色の首紐をつけている。母猫の二代目のどかは朱色だ。

「ほら、おまえたちの弟か妹だよ」

ふしぎそうに子猫たちを見ているふくとろくに向かって、おようが言った。

「いもうと、いもうと」

万吉がやにわに言った。

「そうね。この子はおまえの妹ね」

乳を呑みあきた様子のおひなをあやしながら、およウが言った。

「あっ、ゆきちゃんも来た」

千吉が手で示した。

いままでいくたびもお産をしてきた老猫のゆきが土間に下り、きちんと前足をそろえて子猫たちを見守る。

「達者に育つようにって」

おちよが声をかけた。

「里子のもらい手も決まりますようにと」

おようも和す。

「みゃ」

分かったにゃとばかりに、老猫が短くないた。

「なら、白黒はうちの子にするかな」

千吉が言った。

「雌だったら、また増えるわよ」

と、おちよ。

「そのときはそのときで」

のどか屋の二代目が白い歯を見せた。

三

けふの中食

　かつをのたたき膳

今年はじめてのかつを

ごはん、みそ汁、香の物、小鉢つき

三十食かぎり六十文にて

しばらく経ったのどか屋の前に、そんな貼り紙が出た。

「おっ、初鰹だな」

「初鰹にゃ遅いぜ」

「のどか屋の中食じゃ、初鰹じゃねえか」

なじみの大工衆がさえずる。

「おお、鰹のたたきか」

近くの道場で剣術の指南をしている武家が貼り紙を指さした。

「いつもの倍の値ですが」

その弟子があいまいな顔つきで言う。

「本物の初鰹だったら、とても手の出ない値になる。のどか屋の初鰹なら手が届くからな」

武家が笑みを浮かべた。

そんな調子で、いつもより割高の中食だが、客は次々にのれんをくぐってくれた。

「まさに江戸の味だな」

「江戸を食ってるようなもんだ」

「おめえは土でも食ってな」

いつもどおりのにぎやかさだ。

土間の隅に箱の寝床をつくってもらった子猫たちは、少しずつではあるが猫らしくなってきた。

　里親もとめてをります

　そんな貼り紙もしておいた。

「かかあが猫好きだから、ちょいと訊いておくわ」

　さっそく職人衆の一人が手を挙げてくれた。

「それはぜひよしなに」

　おちよが頭を下げた。

「五匹いるけど、どれにするんでい」

　仲間が問う。

「白黒のはうちに残そうかと。みんなおんなじ柄だとまぎらわしいので」

　おちよが言った。

「たしかに、茶白の縞猫ばっかりになっちまうからな。……この乳をやってるでけえのは駄目だな？」

　職人が二代目のどかを指さした。

「それは母猫なので」

　おちよがすぐさま答えた。

「駄目に決まってるだろうが」

「子猫にしな」

　仲間が笑って言った。

「訊いてみただけで。ま、とにかくかかあに訊いてみるぜ」

　気のいい職人が言った。

「どうかよしなに」

　おちよのほおにえくぼが浮かんだ。

四

　二幕目に入ってほどなく、一挺の駕籠がのどか屋の前に止まった。

　中からゆっくりと降り立ち、お付きの二人の武家とともにのどか屋ののれんをくぐったのは、大和梨川藩の江戸詰家老だった。

「まあ、原川さま」

おちよの顔に驚きの色が浮かんだ。

「久しぶりやな」

髷がだいぶ白くなった江戸詰家老が笑みを浮かべた。

原川新五郎だ。

あるじの時吉がまだ武家で、磯貝徳右衛門と名乗っていたころからの長い付き合いだ。初めは勤番の武士で、いったん故郷へ戻ったあと、抜擢されていまは江戸詰家老の要職に就いている。

「ようこそおいでくださいました。あいにく今日のあるじは浅草の長吉屋に詰めているのですが」

おちよが申し訳なさそうに言った。

「いや、たまにのどか屋のうまいもんを食いたなったさかいに来ただけや。二代目で充分やで」

原川新五郎が答えた。

「気張っておつくりします」

千吉が厨からいい声を響かせた。

ここで、若おかみが子を抱いて姿を現わした。

「おっ、何やその子は」

江戸詰家老が指さした。

「二月に生まれた下の子で、おひなという名です」

おようが笑顔で答えた。

「そうか。そら初耳やったな。めでたいこっちゃ」

原川新五郎も笑みを浮かべた。

「ありがたく存じます」

おようが頭を下げた。

「子が二人になったので、気張ってやってます」

千吉も厨から言った。

酒と肴が出た。

まずは鰹のたたきだ。中食の顔が二幕目でも主役を張る。

「こら、うまい」

食すなり、原川新五郎は相好を崩した。

お付きの武家がついだ酒をうまそうに呑み干す。

「大和梨川では食せませぬゆえ」

「海がありませぬから」

お付きの武家たちが言う。

「ところで、筒井堂之進さまはお達者で？」

おちよがたずねた。

大和梨川藩主、筒堂出羽守良友の仮の名だ。お忍びでのどか屋を訪れるときは、いつもその名を名乗っていた。

藩主は昨秋、初めての参勤交代で国元へ戻っている。国元に二年、江戸に一年が習いだから、まだ当分は田舎暮らしだ。

「書状によると、しょっちゅう馬を駆って領民の暮らしぶりを見て回っているようだ。民と一緒に茶粥を食したなどと楽しげに記してあった」

原川新五郎はそう答えると、また鰹のたたきを口中に投じた。

「それはそれは、あのお方らしいことで」

おちよは笑顔で答えた。

「おや、猫も子ができたんですね」

お付きの武家の一人が、ここで気づいて言った。

「また猫侍にいかがでしょう」

おちよがすかさず水を向けた。

のどか屋の猫は福猫で、鼠もよくとってくれる。

そんな評判が立ったから、武家屋敷の「猫侍」に取り立てられることもいくたびかあった。二代目のどかの子もつとめを果たしている。

「おう、ええやないか。近くの屋敷からも引き合いがあるかもしれん」

江戸詰家老が乗り気で言った。

猫侍がつとめているのは大和梨川藩の上屋敷や下屋敷ばかりではなかった。評判を聞きつけた近在の大名屋敷や武家屋敷からも引き合いが来る。それなら子をまた産む雌でも大丈夫だ。

「二月(ふたつき)ほどおっかさんと一緒に育てて、それから里子に出すという段取りで」

おちよが言った。

「では、どの猫か選んでおいたほうがよろしいですね」

片方の武家が問う。

「ええ、そうしていただければ」

おちよが笑みを浮かべた。

「お選びください、ご家老」

もう片方の武家がうながす。

「わしが選ぶのか」

「ええ、年の功で」

「仕方ないのう」

原川新五郎は腰をさすりながら立ち上がった。

猫のもとへ歩み寄る。

子をとられると思ったのか、二代目のどかがやにわに威嚇(いかく)した。

「しゃあっ、って言いよったで」

江戸詰家老が苦笑いを浮かべた。

「駄目よ、のどか、猫侍に取り立てていただくんだから」

おちよが猫をたしなめた。

「白黒のはうちに残すことになっていますので」

今度は鰹のづけ丼を運んできた千吉が言った。

「茶白の猫からお選びいただければと」

おひなをあやしながら、おようも言う。

「そやなあ……こいつは片方しか足袋(たび)を履いてへんな」

原川新五郎は一匹の子猫を指さした。

左の前足の先は足袋を履いたように白いが、右は茶色だ。

「分かりやすくていいかもしれませんね」

と、千吉。

「よし、迷ってもしゃあないさかい、こいつに決めよ」

江戸詰家老は両手を打ち合わせた。

「ありがたく存じます。では、おおよそ二月後に」

おちよが段取りを進めた。

「引き取りにまいりますので」

「よろしゅう頼むな、猫侍」

お付きの武家たちが白い歯を見せた。

かくして、里子のもらい手が一つ決まった。

五

二日後は親子がかりの日だった。

中食の顔は鰹の手こね寿司だった。

醬油と煮切った味醂を合わせたたれに漬けこんだ鰹が酢飯によく合う。刻んだ大葉や生姜、それに白胡麻などの薬味もさわやかだ。

これに大ぶりのかき揚げと具だくさんの味噌汁と小鉢がつく。親子がかりの日ならではの豪勢な膳だ。

「寿司もうめえが、かき揚げもうめえな」

「海老と金時人参、紅えのが二つ響き合っててよう」

「かき揚げの両大関だ」

なじみの職人衆が笑顔で言った。

金時人参は京野菜で江戸では珍しいが、古いなじみの砂村の義助が苦労の末に根づかせ、のどか屋にもいい品を入れてくれている。ほかの人参とは甘みが違ってうまいというもっぱらの評判だ。

「おう、そうだ。かかあに訊いたら、一匹飼うって言っててよ」

例の職人がおちよに告げた。

「まあ、さようですか。では、どの子か選んでいただければと」

おちよは笑顔で答えた。

「おいらが選んでいいって言われたんだが、猫の善し悪しは分かんねえんだ」

職人は首をかしげた。

「猫に善し悪しはあるのかよ」

「そりゃあるだろうよ」

仲間がさえずる。

「どの子も丈夫そうですよ。白黒の子と、前足に片方だけ足袋を履いた子は先約があるので、ほかの三匹から選んでいただければと」

おちよがにこやかに告げた。

「そうかい。どれにすっかな?」

職人が品さだめを始めた。

一匹ずつ首根っこをつかんで持ち上げてみる。

「あっ、この子は雄ですね。やっと分かってきました」

おちよが言った。

茶白の縞猫だが、頭の白いところが他の猫より広めだ。

「雄なら子を産まねえから好都合だな。……おお、すまねえな」

職人は不満げな子猫を土間に放した。

「なら、この子でよろしゅうございますか？」

おちよが問うた。

「おう、いいぜ」

職人はすぐさま答えた。

「名はどうするんでい」

仲間がそう言うと、残りのかき揚げを胃の腑に落とした。

「そりゃあ、かかあが決めるんだ。おいらは話をつけるところまででよ」

職人が答えた。

「では、おおよそ二月後にはお渡しできますので」

おちよが言った。

「それまでにも、ちょくちょく食いに来て育ちぶりを見るからよ」

気のいい職人が軽く右手を挙げた。

六

子猫の里親は、その日のうちにもう一匹決まった。

二幕目に、若夫婦の戸美と卯之吉がのれんをくぐってきた。

「もうあと二匹になったの、戸美ちゃん」

おちよが子猫たちのほうを手で示した。

「どちらかですね」

と、戸美。

「雄はいますかい」

卯之吉がたずねた。

「えーと、こっちが雄ね。こっちが雌」

おちよが指さして教えた。

「なら、雄のほうをもらいまさ」

卯之吉が笑みを浮かべた。

「雌だと、また里子のもらい手を探さなきゃならなくなるので」

戸美が言った。

「そうね。初めは雄のほうがいいと思うわ」

おちよがうなずいた。

卯之吉は腹が減っていると言うので、親子がかりでかき揚げ丼をつくった。中食のかき揚げは天つゆで食べるやり方だったが、こちらはたれがたっぷりかかる。

「つゆがうめえな。かき揚げもさくさくで」

卯之吉は笑顔で言った。

「うちの命のたれを使っているので」

二幕目ものどか屋にいる時吉が言った。

「だったら、わたしも小盛りでいただこうかしら」

戸美が言う。

「人が食ってるのを見たら、おのれも食いたくなるだろう？」

卯之吉が箸を止めて訊く。

「うん、そう」

戸美は笑みを浮かべた。

「なら、小ぶりのかき揚げをつくりますので」

厨から千吉が言った。

「お願いします」

戸美がいい声で答えた。

そのうち、力屋の信五郎も顔を出した。

「里子に出す子猫は残り一匹になりましたが、いかがでしょう」

酒を運んできたおちよがたずねた。

「いや、うちは前の子をいただいたので」

力屋のあるじは笑って答えた。

かつてはのどか屋で飼われていた猫がいつのまにか力屋の入り婿めいたものになったこともあった。それ以来の古い猫縁者だ。娘のおしのも猫好きだから、のどか屋と同じで常に猫がいる。時吉の弟子でもある京生まれの為助とのあいだにはいくたりも子が生まれてにぎやかだ。

ほどなく、戸美の分のかき揚げ丼もできた。

「やっぱり、おつゆのかかってるとこがおいしい」

食すなり、戸美が言った。

「かき揚げ丼は、つゆだくにかぎるぜ」

いち早く食べ終えた卯之吉がそう言って、猪口の酒を呑み干した。

その後は、猫の名の話になった。

力屋の入り婿になったいまは亡きぶちは、のどか屋ではやまとという名だった。大和梨川にちなむ名だ。

「もう名は思案してあるので。……ごちそうさまでした」

戸美が満足げに箸を置いて両手を合わせた。

「手回しがいいわね。どういう名前？」

おちよがたずねた。

「雄にはちょっと変かもしれないんですけど……さちという名にしようかと」

戸美は答えた。

「おっかさんが御守に縫いつけてくれた『幸』で」

一緒に思案したとおぼしい卯之吉が言い添えた。

「そうですか……いい名で」

おちよは目をしばたたかせた。

「幸が来るといいね」

力屋のあるじが言う。

「きっと来ますよ。これからは、ほうぼうで幸くらべで」

千吉が厨からそう言ったから、のどか屋に和気が漂った。

終章　最後の猫の名

一

最後の子猫のもらい手は、意外なところから現われた。

その日の中食は鮎飯の膳だった。

蓼の葉を散らした鮎飯に、刺身と青菜の胡麻和えと味噌汁がつく。

さわやかな初夏らしい膳が売り切れると、おけいとおちえはいつものように呼び込みに出た。すっかり慣れてきたおちえは巴屋へ客を案内し、おけいはのどか屋へ戻ってきた。

大松屋の跡取り息子の升造も一緒に姿を現わした。客の案内を終えるや否や、すぐのどか屋へやってきたらしい。

竹馬の友は、千吉に向かって意外な申し出をした。

大松屋でも猫を飼いたいから、一匹もらいたいというのだ。

「福猫がいたほうがいいんじゃないかとおうのが言いだしたんだ。そのうち来ると思うけど」

升造が言った。

「そりゃあ、升ちゃんのとこで飼ってくれたら大助かりだよ」

千吉は笑顔で答えた。

「残ったのは雌だけどいい？」

おちよがたずねた。

「また増えたら、のどか屋へ里子に出すんで」

半ば戯れ言めかして、升造は答えた。

「白黒の雄は、どうしてもうちに残したいんで」

千吉は二代目のどかの乳を呑んでいる子猫を指さした。

「ほかはみんなおっかさんとおんなじ毛色だからね」

大松屋の二代目が笑みを浮かべた。

「これでまた猫縁者が増えるわね」

と、おちよ。

「どうかよしなに」

おひなをあやしながら、おようも言った。

「こちらこそ、よしなに」

升造がそう答えたとき、表で人の話し声がした。

「あっ、来た」

升造が声をあげる。

ほどなく姿を現わしたのは、大松屋の若おかみのおうのと、あるじの升太郎だった。

「升吉ちゃんはお留守番ですか？」

おちよがたずねた。

「女房が見てますよ。今日はみなで猫見物で」

升太郎が答えた。

「では、ごらんください。この子なので。……ちょっとごめんね」

母猫に断ると、おちよは一匹の子猫をひょいとつかみあげた。

子猫が不満げに口を開ける。

「まだ小さいから、なき声が出ませんけど」

おちよが笑みを浮かべた。

「かわいい」

おうのが笑顔になる。

「福猫、よろしくな」

升造が早くもそう言った。

「片方だけ足袋を履いてるのは大和梨川藩の猫侍、額に白いところが多いのはご常連の職人さんのもとへ」

千吉がよどみなく言った。

「そして、この雄猫は戸美ちゃんと卯之吉さんのもとへ里子に出ることに」

おちよが指さした。

「名前は『さち』に決まってるんですよ。幸いの『さち』」

どこか唄うように、おようが告げた。

「いい名前ね。うちはどうしようか？」

おうのが升造に問うた。

「名前か……考えてなかったな」

升造はあごに手をやった。

「いっそのこと、『ます』にしちゃったら？」

千吉が言った。

「それだと、『ます』だらけになるからなあ」

と、升造。

升太郎、升造、升吉。

たしかに、升だらけだ。

「だったら、大松屋の『まつ』はどうかしら。雌だから『おまつ』でちょうどいいし」

おうのが案を出した。

「ああ、それはいいね」

升造が乗り気で言った。

「うちの福猫にはちょうどいいよ」

大松屋のあるじも和す。

「なら、おまつちゃんね。……はい、おっかさんのとこへお戻り」

おちよは子猫を二代目のどかのもとへ戻した。

母猫がすぐさまなめてやる。

「なら、二月ほど経って頃合いになったら」

千吉が言った。

「ああ、もらいに来るよ」

と、升造。

「それまでに支度をしておかないと」

おうのが言った。

「分からないことは、みんなのどか屋さんに訊けばいいさ」

升太郎が言った。

「何でも訊いてください。うちは猫屋みたいなものですから」

おちよが笑顔で答えた。

二

「おくいぞめ?」

万吉がおうむ返しにたずねた。

二幕目がだいぶ進んだ頃合いで、座敷では隠居の腰の療治が始まっている。

「そうよ。万ちゃんもやったのよ」

おちよが言った。

「憶えてないわね」

おひなにお乳をやって寝かしつけたばかりのおようが言った。

「生まれて百日後に、お食い初めの宴をやるんだ。ご隠居さんが歯固めの儀式をやってくださる」

千吉が厨から言った。

「もう話が決まっているのかい」

腹ばいになった季川が笑みを浮かべた。

「そりゃあ、年の功ならご隠居さんですから」

千吉のいい声が響いた。

「ぜひよしなに」

おようも頭を下げた。

「師匠に祝っていただいたら、この先も無病息災間違いなしで」

おちよも和す。

「はは、なら仕方ないね」

季川が笑みを浮かべた。

そのうち、子猫たちが元気に駆け回りだした。中食は邪魔になるから、裏手に移しているのだが、ひょこひょこ入ってきたりするから肝をつぶす。

「もう里子に出す先は決まってるんですか？」

療治をしながら、按摩の良庵がたずねた。

「ええ、おかげさまで」

と、おちよ。

「のどか屋さんに残る子も？」

良庵の女房のおかねが問う。

「この白黒の雄を残します」

おちよが一匹の子猫を指さした。

「名前は決まったのかい」

隠居がたずねた。

「いえ、これからなんですけど」

おようが答えた。

ほどなく、隠居の療治が終わった。

腕のいい按摩の良庵は引く手あまただ。茶を一杯呑んだだけで次へ向かった。

「はい、お待ちで」

千吉が酒と肴を運んでいった。

「おお、うまそうだね」

隠居が身を乗り出した。

「しめ鯵でございます。おろし生姜をまぜた米酢でしめてありますので」

千吉は料理人の顔で告げた。

「では、さっそく」

季川が箸を取った。

ふくとろくの兄弟もやってきた。動き回る子猫たちに戸惑いながらも、興味津々の体だ。

「ふくとろくの弟猫だから、福禄寿の残りの『じゅ』はどうかしら」

おようがふと思いついた様子で、千吉に言った。

「『じゅ』って言いにくくないかな？」

千吉は答えた。

「じゅ、じゅ……たしかに、ちょっと」

おようは首をかしげた。

「だったら、寿吉にするとか」

おちよが案を出す。

「はは、また吉だらけになるよ」

隠居の白い眉がやんわりと下がった。

「だったら、小太郎の弟分だから寿太郎とか」

のどか屋の大おかみがさらに言う。

「なんだか偉そうな名前で」

千吉が笑った。

「まあ、追い追い思案すればいいさ。……このしめ鯵は、酢の加減が絶妙だね」

隠居が満足げに言った。

「ありがたく存じます」

のどか屋の二代目が小気味よく頭を下げた。

三

子猫の成長は早い。

日に日に猫らしくなってきたところで、一匹ずつ里子に出されていった。

まずは大和梨川藩だ。

宿直（とのい）の弁当を頼みに来た二人の武家が、もうこれくらいになればと引き取っていった。名はそのうち決めるらしい。

二匹目は、常連の職人だった。

「だいぶでかくなったな。もらっていいかい？」

仲間と一緒に中食に来た職人がたずねた。

「ええ、どうぞ。小さめの籠などがあれば好都合なんですが」

おちよが笑顔で言った。

「なら、二幕目にかかあともらいに来るぜ」

職人はそう言うと、膳の顔の蒸し鮑（あわび）を口に運んだ。

酒をたっぷりと振りかけて蒸した鮑は、ことのほかやわらかい絶品だ。裏ごしした鮑のわたを加えた土佐醬油が合う。

「お待ちしています」

おちよのほおにえくぼが浮かんだ。

二幕目になった。

例によって顔を出した岩本町の御神酒徳利がそろそろ引き上げようかという頃合いに、職人とその女房がやってきた。

「お世話になっています。子猫をいただきにまいりました」

きれいに丸髷を結い、籠を提げた女房が言った。

「おっ、里子をもらうのかい」

湯屋のあるじがたずねた。

「この額が白いやつを」

職人が指さした。

「おっかさんと一緒なのに相済まないわねえ」

猫たちを見て、女房が言った。

「これからは、あなたがおっかさんの代わりだから」

おちよが笑みを浮かべた。

ここでおようと千吉も出てきた。猫のえさのやり方などについて、ひとわたり伝える。職人と女房はときおり質問をまじえながら聞いていた。

「名は決めたのかい」

富八がたずねた。

「のどか屋の猫だから、あの字がついてる名がいいだろうってことで」

職人がのれんを指さした。

裏からだが、「の」と染め抜かれているのは分かる。

「へえ、どんな名です？」

千吉がたずねた。

「のんき、って名で。呑気に暮らせるようにと」

職人が答えた。

「まあ、のんきちゃん」

「いい名ですね」

のどか屋の大おかみと若おかみの声がそろった。

「かわいがってもらいいな」

寅次が言った。

「のどか屋の福猫だからよ」

富八が和す。

ほどなく、支度が整った。

「みゃあ」

籠に入れられた子猫がなく。

いつのまにか、猫らしくなけるようになった。

「ごめんね。かわいがってもらうからね」

不満げな顔つきの二代目のどかに向かって、おちよが言った。

「すまねえな」

「ちゃんと育てるから」

職人とその女房が言う。

こうして、二匹目がもらわれていった。

四

続いて、翌日の二幕目——。

戸美と亭主の卯之吉が子猫を引き取りに来た。

さちという名が決まっている雄猫だ。

しかし、のどか屋ののれんをくぐってきたのは、戸美と卯之吉だけではなかった。

姉の江美とその亭主の竜太もいた。

「まあ、江美ちゃん、調子はどう？」

おちよが身重の江美を気づかって問うた。

「ええ、おかげさまで。もうここまで歩いてもいいだろうっていうことで」

江美は笑顔で答えた。

「うちが猫をもらうわけじゃねえんですが、話を聞いて付き添いに」

竜太が白い歯を見せた。

「さようですか。いずれそちらでも一匹」

と、おちよ。

「いや、まずはわが子を育てねえと」

竜太がそう言って江美のほうを手で示したから、のどか屋に和気が漂った。

「よし、今日からうちの子だぞ、さち」

卯之吉が子猫に手を伸ばした。

茶白の縞猫だ。

「あっ、嚙みやがった」

卯之吉が声をあげた。

「駄目よ、嚙んじゃ」

おちよが言う。

「ごめんなさいね、のどかちゃん」

戸美が母猫に声をかけた。

五匹産んだ子猫も、残りは二匹になってしまった。

「白黒の猫はうちに残るから」

千吉が厨から出てきて言った。

「みゃ」

二代目のどかが何か物言いたげにないた。

「なら、おいらたちは先に」

さちをどうにか籠に入れた卯之吉が言った。

「ああ、気をつけて」

竜太が言った。

「お姉ちゃんは一服してから？」

戸美がたずねた。

「そうね。せっかく来たんだから」

江美が答えた。

「焼き飯ができますよ。中食の分を多めに仕込んだので」

千吉が水を向けた。

「なら、それを食ってから」

竜太がすぐさま言った。

ほぐした干物や刻んだ沢庵などを具にした焼き飯は、醬油の香りが食欲をそそる出来で、けんちん汁をつけた中食は大好評だった。

「よし、家へ帰るぜ」

卯之吉が籠に向かって言った。

「みゃあ」

子猫が心細そうになく。

「大丈夫だから、さち」

戸美がやさしい声をかけた。

五

里子に出す子猫は、いよいよ残り一匹になった。

もらい手はすぐそこの大松屋だから、千吉のほうから知らせにいった。

「もういつでも渡せるよ、升ちゃん」

千吉は笑顔で言った。

「こっちも支度はできてるから」

升造が答えた。

「なら、今日にでもいただきます」

若おかみのおうのも出てきて言った。

「お願いします」

千吉は頭を下げた。

「あんまり近いから、おっかさんのとこへ戻っちゃうかもしれないけど」

大松屋の跡取り息子が言った。

「そりゃあまあ成り行きで」

千吉が笑って答えた。

そんなわけで、最後の里子がもらわれていくことになった。

「おまえは大松屋の福猫だからね、おまつ」

升造が雌の子猫に言った。

「近くだから、遊びにおいで」

おようが声をかけた。

「ほら、大松屋さんへ行くよ」

おちよも言う。

おうのも升吉をつれてやってきた。先に生まれたから万吉より背が高い。

「うちのねこ？」

升吉が母に問うた。

「そうよ。かわいがってあげてね」

おうのが笑みを浮かべた。

「うんっ」

わらべは元気よくうなずいた。

「うちは？」

近くにいた万吉がたずねた。

「その白黒の子がうちの子だから」

おようが抱っこしたおひなをちょっと動かして示した。

「名前はこれからだけど」

千吉が言う。

「なら、もらっていくよ、千ちゃん」

升造が言った。

「ああ、よろしくね」

千吉は軽く右手を挙げた。

「何か分からないことがあったら、いつでも訊いて」

おちよが言う。

「承知しました。よし、行くよ」

升造は子猫を入れた籠をつかんだ。

こうして、すべての里子がのどか屋を出た。

六

「ごめんだったね、のどか」

　おちよがそう言って、二代目のどかの首筋をなでてやった。

　すでにのれんはしまわれている。厨の仕込みも終わったから、そろそろ火を落とす頃合いだ。

　ごろごろ、ごろごろ……。

　茶白の縞猫がのどを鳴らす。

　おようはおひなと一緒に部屋へ戻った。もう少ししたら万吉も寝る。

「あとは、師匠が帰ってきて、この子の名を本決まりにすれば終わりだね」

　千吉が白黒の雄猫を指さした。

　どうやらもう名の腹案はあるようだ。

　ふくとろく、兄弟猫が母親をなだめるように寄ってきた。

　四匹の子猫が里子に出されたばかりの二代目のどかは、代わりとばかりにふくとろくをかわるがわるになめだした。

白黒の子猫のもとへは、なぜか小太郎が寄ってきてじっと見守っている。

「おまえたちは、ずっとのどか屋で一緒だからね」

おちよが笑みを浮かべた。

「仲良くするんだよ」

千吉も声をかけた。

ややあって、時吉が戻ってきた。

大松屋のまつを最後に、子猫がすべてもらわれていったことを伝える。

「そうか。偉かったな、のどか」

時吉は母猫の労をねぎらった。

「で、名前を思いついたんです、師匠」

千吉が言った。

「どんな名だ？」

時吉が訊いた。

「白黒の鉢割れ猫で、前足の先だけ白くて足袋を履いてるみたいだから、『たび』はどうかと」

千吉が答えた。

「たび、たび……言いやすいわね」

　おちよが笑みを浮かべた。

「そうだな。たびでいいだろう」

　時吉が言った。

　茶が入り、厨の火が落とされた。

　ほどなく、おひなを寝かし終えたおようが姿を現わした。

「万吉、そろそろ寝るよ」

　座敷でゆきに向かってお手玉を投げていたせがれに向かって、おようが言った。

　老猫はときおり思い出したように前足を動かすばかりだ。

「そうそう、名前はたびに決まったよ」

　千吉がおように言った。

「そう、よかった」

　名の案は聞いていたらしいおようが笑みを浮かべた。

「たび、は足袋ばかりじゃなく、旅にも通じるからな」

　時吉はそう言って湯呑みの茶を啜った。

「この子は旅をしそうにないけど」

おちよが名をもらったばかりの子猫を指さす。

「せいぜい大松屋くらいで」

と、千吉。

「子猫にとっては旅かもしれないわね」

おちよが言った。

白黒の子猫は眠くなったらしい。母猫に顔をうずめるようにしてまるくなった。

「ゆっくりお休みなさい」

おようが言った。

「これからの一生は長い旅だから」

千吉も言う。

「そうだな。ここまででも、長い旅だった」

時吉は感慨深げに言うと、残りの茶を呑み干した。

「まだまだ旅は続くわね」

おちよもしみじみと言う。

「達者で旅を続けられればいいですね」

おようが笑みを浮かべた。

「達者が何よりだね。このたびの子猫たちはみなここまで無事に育ってくれてよかった」

猫たちのほうを見て、千吉が言った。

子猫のたびは寝返りを打つと、大きなあくびをした。

「いっちょまえに、猫らしいあくびだな」

時吉がそう言ったから、のどか屋に和気が満ちた。

［参考文献一覧］

畑耕一郎『プロのためのわかりやすい日本料理』（柴田書店）
野﨑洋光『和のおかず決定版』（世界文化社）
田中博敏『旬ごはんとごはんがわり』（柴田書店）
田中博敏『お通し前菜便利集』（柴田書店）
『一流板前が手ほどきする人気の日本料理』（世界文化社）
『人気の日本料理2　一流板前が手ほどきする春夏秋冬の日本料理』（世界文化社）
『一流料理長の和食宝典』（世界文化社）
おいしい和食の会編『和のおかず【決定版】』（家の光協会）
土井勝『日本のおかず五〇〇選』（テレビ朝日事業局出版部）
鈴木登紀子『手作り和食工房』（グラフ社）
志の島忠『割烹選書　春の料理』（婦人画報社）

『和幸・高橋一郎の旬の魚料理』（婦人画報社）
野口日出子『魚料理いろは』（高橋書店）
『復元・江戸情報地図』（朝日新聞社）
日置英剛編『新国史大年表　五-Ⅱ』（国書刊行会）
今井金吾校訂『定本武江年表』（ちくま学芸文庫）

（ウェブサイト）
江戸時代Campus

二見時代小説文庫

祝い雛(いわびな) 小料理のどか屋(こりょうりのどかや) 人情帖(にんじょうちょう)36

二〇二二年十一月二十五日 初版発行

著者 倉阪鬼一郎(くらさかきいちろう)

発行所 株式会社 二見書房
〒一〇一-八四〇五
東京都千代田区神田三崎町二-一八-一一
電話 〇三-三五一五-二三一一［営業］
〇三-三五一五-二三一三［編集］
振替 〇〇一七〇-四-二六三九

印刷 株式会社 堀内印刷所
製本 株式会社 村上製本所

 ISBN978-4-576-22163-2
https://www.futami.co.jp/

倉阪鬼一郎

小料理のどか屋 人情帖 シリーズ

以下続刊

剣を包丁に持ち替えた市井の料理人・時吉。
のどか屋の小料理が人々の心をほっこり温める。